긴 밤의 약속

긴 밤의 약속

이진휘 지음

인타인

언젠가 그녀가 말했다.

마지막 순간까지 함께 여행하자고.

나는 대답 대신 웃어넘겼다.

겨울이 지나고 아무런 예고 없이

그녀가 쓰러졌다.

그 이후 마흔 번의 계절이 흘렀다.

그녀 곁을 지켰던 나날.

침묵이 빚어낸 순간들.

우리의 여정은 여전히 이어지고 있다.

차 례

Contents

0.

        나는 마음이 여린 아이였다. 어린 나이에 일찍 세상이 아름다움으로만 채워져 있지 않다는 사실을 알게 되면서였을까? 행복감을 느낄 때마다 일종의 부채감 같은 의식이 마음에 조금씩 뿌리를 내렸다. 사람은 대부분 눈부신 관심 속에 태어나 사랑받으며 특별한 존재로 자라지만, 짧은 세월 결국은 늙고 병들어 홀로 사라져가는 인생이란 내게 늘 수수께끼였다. 거리를 지나가다 마주치는 걸인들, 술에 취한 노숙자, 더 이상 손쓸 도리 없이 죽음을 기다리는 시한부를 볼 때마다 누구에게나 초라한 시간이 주어지고, 그것은 나 또한 피하지 못할 생의 과정이라고 생각했다.

그렇게 세상에 빛 한 줌 남기지 못하고 떠나버리는 허무한 인생살이를 볼 때마다 마음속 두려움은 커졌다. 어린 나이에도 생명, 희망, 기쁨보다 죽음, 절망, 슬픔의 정서가 내 안에 배기 시작했다. 태어나긴 쉬워도 후회 없이 살다 가긴 어려운 생의 딜레마가 내 마음을 집어삼켰다. 세상을 향한 호기심보다 무엇을 위해 어떻게 살아가야 할지 무거운 고민이 어린 마음속에 깊게 박혔다.

그다지 욕심도 없었다. 손에 들어온 것을 움켜쥐고 놓지 않으려는 친구들과 달리 원하는 것도 바라는 것도 딱히 없었다. 심통이 나거나 분에 못 이겨 소리 지르며 울었던 기억도 없다. 이상하게도 채움과 궁핍의 차이가 그리 중요하지 않았다. 누군가를 위해 양보하는 것이 습관이 되었다. 그건 혹시 내 이름 때문이었을까?

"진휘야, 네 이름에는 특별한 뜻이 있단다. 네 이름처럼 앞으로 어려운 처지의 누군가를 만나면 돕고 베풀며 세상을 이롭게 하렴."

규휼할 진(賑)에 빛날 휘(輝). 어린 시절 나란히 손을 잡고 걷던 엄마가 내 이름의 의미를 말했다. 어렸던 나는 그 말을 온전히 이해하지 못했다. 그러나 이름에는 잘 쓰이지 않는 한자가 들어간 때문일까. 내 이름이 갖는 의미는 언젠가부터 내

정체성의 일부가 되었다. 나는 정말이지 누군가를 긍휼히 여기고 사랑하며 아낌없이 베푸는 삶을 살고 있다. 물론 부모님의 뜻과는 전혀 다른 방향으로 흘러가게 되었지만.

마음이 착한 아이. 그 시절 나를 향하는 칭찬의 말들이 내 근간에 남아 있었는지 알 수 없지만 자연스럽게 누군가를 돕는 일로 어두운 세상에 조금의 빛이라도 비추길 바랐다. 대학생이 되어 휴학을 하고 1년 동안 남미 콜롬비아로 NGO 활동을 떠난 것도 그런 고민의 연장선상이었다. 마약상이 활개치는 위험한 거리에서 아이들이 천진난만하게 웃으며 뛰어다니는 모습을 보았다. 하수 시설이 없는 산골 마을 곳곳마다 널브러진 쓰레기와 오물이 담긴 비닐 봉투로 악취가 코를 찌르는 현장을 경험했다. 조금의 희미한 불빛도 없이 어둠에 삼켜진 한 도시가 새벽이 오기만 기다리는 장면을 보았다.

간혹 희망도 만났다. 시골 해안가에 사는 현지 대학생들과 생각을 나누며 세상을 바꾸고자 하는 그들의 열정 속에서 심장을 두근거리게 할 가능성을 발견했다. 상상 못 할 가난이 있고 마약과 총기에 노출된 곳에서 나고 자란 친구들이지만 그들이 꿈꾸는 미래는 어둡지 않았다. 이들이 만들어갈 미래에 공감하며 그들의 삶을 진심으로 응원했다.

그렇게 콜롬비아에서의 특별한 경험을 마음에 품고 한국

에 돌아온 뒤, 1년의 시간도 채우지 않고 떠난 곳이 바로 스리
랑카였다. 대학을 졸업하고 돌아갈 곳조차 정해두지 않은 채
난생 처음 '나'라는 가능성에 도전하던 시기였다.

그곳에서 내 인생을 뒤흔든 사건,
수경과의 만남이 이루어졌다.
한 사람을 만나고 내가 가진 세계는 깨어졌다.
내가 알고 의식하던 모든 세상이 일순간 달라졌다.
달라진 세상에서 수경과 함께 그리는 이야기의 끝이
행복한 결말까지는 아닐지라도
방황하던 두 인생에 특별한 순간을
채울 수 있을 거라고 생각했다.

1부

시작

2014년 4월 2일, 오전 11시를 조금 지나 수경의 집을 방문했다. 스리랑카에서 돌아와 취업 준비를 하고 있던 나는 그날도 몇 군데 원서를 추가로 넣을 생각이었다. 그 무렵 내 자취방에는 데스크톱이 없어서 원서나 자기소개서를 작성할 때면 수경의 집을 찾곤 했다. 그날도 수경은 피곤한 얼굴로 문을 열고 여전히 잠에 취한 채 흐릿한 인사말로 나를 맞았다. 나는 늘 그랬듯이 집 안에 들어서며 그녀를 꼭 안아주었다.

요 며칠 사이 이석증으로 이비인후과를 다니며 후유증을 겪던 수경은 전날 병원 앞 건널목에서 단돈 만 원에 편백나무 베개를 샀다. 언제부터였을까. 그녀는 다시 시작된 불면증으로 잠을 이루지 못했는데 최근에는 이석증까지 겹쳐 어지럼증을 호소하며 매일매일 악몽 같은 일상을 보내고 있었다. 그래도 어제는 처방받은 약을 먹은 뒤 그대로 편백나무 베개 위로 쓰러졌다고 했다.

"최근에 잔 것 중에 어제가 가장 편안했어."

수경은 여전히 졸린 눈으로 입을 열었다. 새 베개 덕분이었을까, 약 때문이었을까. 내가 잠시 그런 생각을 하는 사이 그녀는 문을 닫고 다시 침대에 누웠다. 나는 수경의 책상 앞에 앉아 서둘러 원서를 쓰기 시작했다. 그 무렵 자기소개서를 작성하느라 애를 많이 먹었다. 회사마다 요구하는 복잡한 질문들에 적당히 둘러대느라 진땀을 빼던 나날이었다.

수경이 다시 잠에서 깬 것은 오후 2시쯤이었다. 그녀는 여전히 눈을 감은 채 내게 말을 걸었다.

"새 베개도 그렇지만 약에 수면제가 많이 들었나 봐. 자도 자도 또 졸려."

"그래, 오늘은 뭘 먹을까?"

이미 점심도 한참 지난 시간, 수경에게 식사하러 나갈 것을 제안했다. 수경은 그제야 기지개를 켜고서 부스스 몸을 일으켰다. 그녀의 몸에 이상 징후가 나타난 건 바로 그때였다.

"진휘야, 왼쪽 팔이 이상해. 감각이 없어."

수경은 자신의 손을 이리저리 흔들었다. 툭툭 쳐보기도 하고 잠들기 전 화장대 위에 뒀던 물컵을 집어보기도 했다. 손은 제 기능을 했지만 감각도 통증도 느껴지지 않는다고 했다. 나는 그저 혈액순환이 잘 되지 않는 정도인 줄로만 알았다. 조금만 기다려보자고, 이제 막 잠에서 깨서 저린 게 아니냐며 그녀를 안심시켰다. 내 말에 고개를 갸웃거리던 수경은 나갈 채비를 하기 위해 침대에서 일어나 세수하고 양치질을 한 뒤에 머리를 정리하기 시작했다. 감각이 둔해진 팔로도 머리카락을 그러모아 위로 묶고 핀까지 잘 여몄다. 화장을 하고 머리를 다듬는 그녀의 모습을 몰래 힐끔 훔쳐보았다. 두 손을 위로 올려 머리카락을 정갈하게 가다듬고 옷 매무새를 정리하는 수경의 눈빛은 뚜렷하고 확고했다. 목에서 허리까지 내려오는 선을 따라 그녀는 어느 때보다 아름다웠다.

그 순간 수경에게 또 다른 징후가 찾아왔다.

"볼이 왜 이러지?"

왼쪽 팔에서 시작한 저린 현상이 볼을 타고 올라간 모양이었다. 그녀는 볼에 바람을 넣었다 빼기를 반복하더니 인상을 찌푸렸다.

"뭐, 시간이 지나면 괜찮아지겠지?"

아무렇지 않은 듯 웃어넘기던 수경이 밖으로 나가려다 말고 멈춰 섰다. 잠깐이었지만 긴 침묵이 지나간 뒤 나를 바라보는 눈빛엔 어색함과 난처함이 묻어났다.

"진휘야, 나 이상해……."

수경의 말소리가 명확하지 않았다. 꼬부라진 혀 놀림 사이로 들려오는 그 한마디가 이미 수경의 목소리가 아니었다.

"나 이상하지? 발음 어눌하지? 발음 어눌하지?"

나는 당황하고 놀란 나머지 수경의 얼굴을 살피며 몸을 흔들었다. 단 몇 초 사이 수경은 스스로 몸을 가눌 수 없을 정도로 기력을 잃고 방바닥에 쓰러졌다. 무슨 일이냐며, 왜 그러냐는 내 질문에 정신을 차리는 것조차 버거워했다. 나 스스로도 놀란 마음을 가라앉히려고 걱정하지 말라는 말만 반복해서 외친 뒤에 서둘러 휴대폰을 꺼내 119를 누르고 횡설수설 두서없이 상황을 설명하고 끊었다.

앰뷸런스를 기다리는 그 시간이 얼마나 길게 느껴졌는지 모른다. 수경은 꺼져가는 의식 속에서 더듬어 잡은 내 손을 간신히 들어올려 자기 머리 위에 힘겹게 얹었다. 나는 수경을 안심시키기 위해 기도라도 하고 싶었지만 침이 바싹 마르고 눈물만 핑 돌았다. 살려달라고 애원하듯 하늘을 향해 소리치는 내내 수경의 몸은 기운이 빠져나갔다 돌아오길 반복했다.

잠시 후 수경은 떨리는 오른손을 힘겹게 들어올리더니 눈에 끼고 있던 렌즈를 빼서 바닥에 던졌다. 더 이상 지체할 시간이 없었다. 흔들리던 입술에 힘이 바짝 들어가고 감기는 두 눈을 힘겹게 들어올리더니 결국 울음을 터뜨리며 외쳤다.

"살려줘! 진휘야, 살려줘!"

그 순간 내 입에서 일순간도 망설임 없이 답이 튀어나왔다.

"응! 내가 반드시 살려줄게! 걱정하지 마!"

두 사람의 필사적인 외침. 그것이 우리의 마지막 대화였다.

그 뒤에 그녀는 알 수 없는 말을 중얼거렸지만 더 이상 내가 곁에 있는 것조차 의식하지 못하는 듯했다. 나는 그런 수경을 끌어안고 불안 속에서도 속으로 거듭 되뇌었다.

수경아, 걱정하지 마. 내가 꼭 살려줄게.

응급실

　　　　　　　　앰뷸런스 안에서 수경에게 인공
호흡기가 씌어졌다. 차량의 사이렌 소리가 요란했다. 차가 좌
우로 흔들리는 동안에도 수경의 몸은 고요했다. 병원에 도착
해 앰뷸런스에서 급히 내리자 응급실 접수처가 나왔다. 그녀
의 주민등록번호를 몰라서 아는 정보만 대충 휘갈겨 쓰고 응
급실 안으로 뛰어 들어갔다. 수많은 사람들 속에서 수경이 보
이지 않았다. 접수하는 사이에 시야에서 그녀를 놓쳤다는 것
을 깨달았다. 병원 안 공간은 모든 것이 낯설었고 현기증이 일
었다. 똑같은 자세와 표정으로 천장을 바라보며 누워 있는 환
자들 사이에서 수경을 찾는 게 얼마나 힘든지 진땀이 절로 났

다. 아득해지는 정신을 부여잡고 사방을 둘러보니 의료진이 가장 많이 모인 침대가 보였다. 곧장 그리로 달려가 커튼을 걷자 수경이 거기에 있었다. 그녀의 몸에는 이미 여러 장치가 붙어 있었다. 호흡과 맥박, 산소 수치를 나타내는 모니터와 연결 단자들이 눈에 보였다.

쓰러진 원인을 알기 위해 CT를 찍고 채혈하는 사이 수경은 깊은 잠에 빠져들었다. 이제 막 인턴을 시작한 듯한 젊은 의사가 다가와 그녀의 눈꺼풀을 열어 동공 반응을 살폈다. 동공은 굳어버린 채로 어떤 반응도 보이지 않았다. 살면서 그렇게 검은 동자가 눈을 뒤덮은 모습을 본 적이 없었다. 검은 눈이 블랙홀처럼 생명의 기운을 모조리 빼앗아 집어삼킬 것만 같았다. 그 순간 그 젊은 의사가 뭔가를 발견한 듯 크게 외쳤다.

"이 환자가 제일 급해요! 헤모리지 같아요!"

그 말의 의미를 알 턱없는 내 마음은 타들어만 갔다.

또다시 시간은 느리게 흘렀다. 수경의 눈을 살폈던 그 의사가 울먹이는 듯한 목소리로 나를 불렀다. CT 촬영 사진을 내 눈앞에 내밀고는 떨리는 목소리로 상황을 설명하기 시작했다.

"허수경 님 보호자이시죠? 허수경 님 뇌출혈이에요. 뇌출혈로 벌써 뇌 손상이 있고 오른쪽 뇌가 많이 부어서 뇌압이 왼쪽 뇌까지 누르고 있어요."

검은 필름 속에 박힌 뇌 이미지들은 이 상황에 대한 현실감을 되찾게 했다. 부풀어오른 오른쪽 뇌에 주먹만 한 크기로 피가 고여 있는 게 보였다. 좌우 뇌의 경계는 대칭이 아닌, 비약적으로 오른쪽으로 휘어져 있었다.

설마 했던 일이 일어나고 말았다는 생각과 함께 사랑하는 사람을 눈앞에서 잃어버리고 말았다는 상실감, 앞으로는 그녀를 만질 수도 볼 수도 없을 거라는 절망, 그녀의 고통스러운 절규가 우리의 마지막 대화일 수 있다는 충격에 나는 아무 말도 못 하고 얼어붙었다.

그때 갑자기 수경의 턱이 들리며 굳게 다문 입 사이로 거품이 새어 나왔다. 의사의 외침 뒤로 한 무리의 간호사들이 산소호흡기를 들고 달려왔다. 다 같이 수경 옆에 붙어 수경의 입을 벌리려고 노력했지만 꽉 다문 입이 도통 열릴 생각을 하지 않았다. 힘겨운 사투 끝에 겨우 입을 열고 산소호흡기를 그 안으로 밀어넣었다.

그 사이 누군가가 응급실을 급히 뛰어다니며 흥분한 나를 진정시키려 했고, 또 다른 누군가는 내게 각종 동의서를 받으러 왔다 가곤 했다. 수경의 표정은 이미 이 세상의 것이 아니었다. 아직 꺼지지 않은 한 줌의 생명의 불씨를 보며 내 입에서는 견딜 수 없는 탄식이 새어 나왔다.

"들으신 대로 환자분은 뇌출혈입니다. 하지만 현재 정확한 원인이 밝혀지지 않았는데, CT 사진상에서 혈관이 기형으로 보이는 혈종들이 발견됩니다. 아직 정확하게 판단할 수는 없지만 이 기형 혈관들이 뇌출혈의 원인인 것 같습니다."

신경외과 의사는 잠시 뜸을 들이고 이어서 말했다.

"수술이 필요한지, 어떻게 수술할지를 정확히 알려면 앞으로도 몇 시간의 정밀검사가 필요합니다. 하지만 그렇게 되면 환자분은 반드시 사망합니다. 어찌 되었든 생명을 건지려면 당장 수술에 들어가야 합니다. 다만 원인을 정확히 알아야 해당 수술을 진행할 수 있는데 두개골을 열고서도 원인을 찾지 못하고 실패할 가능성도 있습니다. 그래도 수술, 하시겠습니까?"

얼굴에 긴장한 빛이 역력한 의사가 설명을 끝내자마자 수술동의서를 내밀었다. 소식을 들은 수경의 부모님은 청주에서 올라오시는 중이었다. 차 안에서 첫째 딸이 무사히 살아 돌아오기만을 바라고 있을 두 분의 얼굴이 머릿속을 스쳤다. 결국 내 결정에 따라 수경의 생사가 결정된다는 이야기였다. 어느 쪽을 선택하더라도 수경을 떠나보내야 한다는 것을 본능적으로 알았다. 막막했지만 용기를 내야 했다.

곧 급하게 수술 준비가 이루어졌다. 응급실에서는 수경이 입고 있던 티셔츠가 날 선 가위에 잘려 나갔다. 간호사 넷이 수경에게 달라붙어 환자용 수술복을 입히는 와중에도 의사가 소리쳤다.

"당장 수술장으로 올려 보내요! 지금 옷이 중요한 게 아니에요! 갈아입히지 말고 그냥 올려 보내요!"

그녀의 조각난 상의와 속옷, 청바지가 찢긴 채 응급실 침대 아래에 널브러졌다. 조각조각 잘려 나간 줄무늬 티셔츠는 구입한 지 일주일도 채 되지 않은 새것이었다.

수경은 그해 일찍 찾아온 봄 기운을 유난히 어색해했다. 달라진 날씨에 영 적응하지 못했고 여전히 칙칙한 색의 겨울 옷을 입고 외출에 나서곤 했다. 주위 사람들의 옷차림은 한결 가벼워졌지만 수경의 세계는 여전히 겨울이었다. 마치 봄이 오는 것을 온몸으로 막고 거부하는 것 같았다. 얼마 전 신림역 근처를 함께 거닐다 어느 옷 가게에서 내놓은 봄맞이 행사 상품이 눈에 들어왔을 때, 나는 새하얀 바탕에 검정 가로 줄무늬가 새겨진 깔끔한 티셔츠를 골라 수경에게 건넸다. 수경은 그 옷을 마음에 들어 했다. 우리는 그날 단돈 5천 원에 무척 행복했었다.

수경이 수술실로 올라간 자리에 무참히 잘려나간 채 딩굴고 있는 옷가지를 보자 눈물이 왈칵 솟았다. 그것이 마치 수경의 모습을 암시하는 것 같아서 온몸의 떨림을 주체할 수 없었다. 떨리는 손으로 옷 조각들을 주워담는데 한 간호사가 나를 불렀다.

"저기, 환자분이 이걸 하고 있었어요."

머리핀이었다. 그것은 유일하게 온전한 형태로 돌아온 수경의 물건이었다.

* * *

수술실로 들어가는 베드를 잠시 멈춰 세우고 의식 없이 누워 있는 수경을 껴안았다. 그녀의 눈가에 눈물이 지나간 흔적이 보였다. 그 눈물 자국 위로 짧은 입맞춤을 건넨 뒤 수경의 손을 잡았을 때, 그녀의 손은 세상의 온기를 잃은 듯 차가웠다. 그리고 곧 수경은 흐릿해진 시야 너머로 사라졌다. 그 순간 직감적으로 깨달았다. 어쩌면 다시는 내 곁에 그녀가 없을 지도 모른다는 사실을.

결심

　　수경이 살아 돌아온 것은 기적이
라고 했다. 10시간 가까이 수술을 집도한 의사는 수술 자체
는 계획대로 잘 마무리했지만 앞으로의 일을 장담할 수 없다
고 말했다. 2주를 넘기지 못할 수 있다는 말도 덧붙였다. 피로
한 얼굴 위로 안타까움이 배어 있었지만 말투에는 표정이 없
었다. 그의 건조한 말소리가 이 상황이 현실이라고 말하고 있
었다.

　수술실에서 나온 수경은 집중치료실로 이동했다. 사방이
차가운 콘크리트 벽으로 둘러싸여 있고 온갖 위급 상황을 알
리는 긴박한 신호로 가득한 공간. 자신의 존엄을 알아줄 사람

이라고는 누구 하나 없는 환경에서 쓸쓸히 생을 마감할 수경이 머릿속에 그려지자 견딜 수 없었다. 이제 막 한국에 돌아와 취업을 준비하던 나는 결정해야만 했다. 이성적으로 생각해 원래의 계획을 이어갈 것인가, 모든 것을 뒤로 하고 마음이 따르는 결정을 할 것인가. 사실 그리 어렵지 않게 마음을 정했다. 수경이 쓰러졌을 때 내가 깨달은 것은 하나였다. 그녀를 이렇게 잃을 수 없다는 것. 그리고 수경에게 분명히 약속했다. 내가 꼭 살려주겠다고. 그 약속의 실현이 불투명해진 상황에서 언제 생을 마감할지 모를 내 사람을 허무하게 떠나보낼 준비가 되어 있지 않았다.

그러나 내게 주어진 시간은 아침과 저녁 단 두 번, 30분씩 허용되는 중환자실 면회에서의 만남뿐이었다. 내가 할 수 있는 것은 그 짧은 만남이 다음 날도, 그 다음 날도 이어지길 간절히 바라며 병원을 지키는 것이 전부였다. 수경이 언제 떠날지 모른다는 불안감에 처음 응급실에 발을 들인 이후로 한시도 병원을 떠나지 않았다. 깊은 밤 병원 로비에서 잠을 청할 곳을 찾아 전전하는 생활이 그렇게 시작되었다.

* * *

병원은 밤이면 자리 싸움으로 전쟁터를 방불케 했다. 대학병원이다 보니 자정이 넘은 시간에도 곳곳에 배치된 보안 요원들은 방문객의 노숙을 쉽게 허락하지 않았다. 휴게실 빈자리는 항상 누군가의 차지로 허탈하게 발걸음을 돌려야 했고, 병원 로비에서 자다가 쫓겨날 때면 뜬눈으로 밤을 지새우는 날도 더러 있었다.

병원 구석구석을 뒤져 인적이 드문 곳을 찾아다녔다. 그러다 보니 수경이 중환자실에서 치료받는 2주 가까운 시간 동안 나름의 노하우도 생겼다. 잠을 자기 위한 병원 곳곳의 지도가 머릿속에 훤히 들어왔다. 새벽에 누구도 찾을 일 없는 불 꺼진 초음파실 구석에서 잠을 청하기도 했고, 한적한 비상계단에 쪼그려 앉아 밤을 보내기도 했다. 어떤 날은 10cm 가까운 높이의 팔걸이로 자리가 구분된 장의자에 몸을 구겨 넣었다가 목과 허리에 담이 걸리는 불상사를 겪기도 했다. 원형 기둥을 따라 둘러진 곡선 벤치에서 잠을 청하다 떨어진 적도 있고, CCTV 아래 사각지대에 매트를 깔고 누워 있다가 경비에게 발각되어 도망친 날도 있었다.

그런 숱한 불편한 순간 속에서도 마음만큼은 괴롭지 않았다. 그것이 내가 수경을 지킬 수 있는 유일한 길이라 여겼기 때문이었을까? 잠시라도 병원을 벗어나면 수경이 저 멀리 내 기운이 닿지 않는 곳으로 사라질 것만 같았다. 며칠 동안 씻지 못하다가 자취방에 잠시 들러 몸에 물만 대충 끼얹고 나올 때도 불안한 가슴이 쿵쾅거렸다.

2주 뒤, 중환자실에서 일반 병동으로 수경의 거처가 옮겨졌을 때, 수경은 오른쪽 머리뼈가 들어내진 채로 여전히 의식불명인 상태였다. 목에는 절개 부위로 호흡기가 연결돼 있고 위까지 이어진 식사용 튜브가 오른쪽 코로 길게 빠져나와 있었으며 하반신에는 기저귀가 채워져 있었다. 전신에 꽂힌 주사 다발과, 주사 바늘이 지나간 흔적들이 수경의 사투가 얼마나 힘겨웠는지를 말해줬다. 경직으로 뒤틀리고 꺾여버린 수경의 양팔과 다리 곳곳이 상처투성이었다. 수경이 살아있다는 사실에 감사했지만 눈앞의 그녀는 너무도 낯설었다.

얼떨결에 시작된 간병 첫날, 아직 그 괴이한 모습에 적응하지도 못했는데 연인이 배설한 흔적을 처리해야 한다는 사실을 깨달았을 때, 현실을 부정하고 싶었다. 그러나 그런 마음과는 별개로, 조금만 잘못 건드려도 호흡이 부서질 것 같은 수경을 이리 잡고 저리 굴려 기저귀를 잡아 뺐다. 하루 종일 맞은 수액 탓에 기저귀가 무거웠다.

수경은 아무리 몸을 뒤흔들어도 깨어날 기미가 없었다. 죽음의 늪에 빠져 영원히 잠든 것 같았다. 그녀가 살아있다고 느끼게 해준 것은 수경의 머리에서 느껴지는 작은 떨림뿐이었다. 수술로 두개골의 일부를 제거했고, 그로 인해 움푹 패인 오른쪽 이마 위 두피에서는 언제 사라져도 이상하지 않을 미약한 생명의 신호가 심장박동을 따라 간신히 뛰고 있었다. 그 곁에서 매일 밤 무기력한 나 자신을 원망했다. 이전까지와는 전혀 다른 현실을 어떻게 받아들여야 할지 혼란스러웠다. 분명한 것은 단 한 가지였다. 예전처럼 돌아갈 수는 없다는 것. 분명히 수경은 살아있었지만 내 안에서는 이미 죽은 것과 마찬가지였다.

그러나 의식 없이 축 늘어진 그녀의 상태보다 누군가가 그녀를 끊임없이 지켜보며 돌봐야 한다는 것이 당장 피할 수 없는 현실적인 문제였다. 연로한 수경의 부모님, 특히 소아마비로 걸음을 제대로 딛지 못하는 어머니를 대신해 누군가는 수경의 곁에 남아 그녀를 돌봐야 했다.

나는 내가 그 일을 맡기로 했다. 살려주겠다는 약속을 지키지 못했다는, 수경을 구하지 못했다는 죄책감이 내 안에 깊이 자리잡고 있었다. 그런 나 자신을 속죄하기 위한 결심이었다.

또한 그렇게 해야 언젠가 잔인한 현실에 짓눌려 수경을 떠나게 되더라도 후회하지 않고 떠날 수 있을 것 같았다. 그때는 그것 외에는 이 무거운 마음의 짐에서 벗어날 방도가 없어 보였다.

수경을 눈앞에서 가까이 볼 수 있다는 것은 안도할 일이었지만, 나는 아직 본격적인 병간호의 세계에 뛰어들 준비는 되어 있지 않았다. 수경의 여동생 은정이 다니던 직장을 그만두고 주중 간병에 동참할 때까지 그렇게 수경의 부모님과 어색한 공동 간병 생활이 시작되었다.

고백

"수경아! 눈 떴어? 내 얘기 들려?"

밤새 의식을 잃고 죽음을 향해 가던 수경이 다시 눈을 뜬 날, 그녀는 기억하지 못하겠지만 나는 열 가지도 넘는 말을 폭격기처럼 쉬지 않고 내뱉었다.

"정신이 들어?" "지금 내가 보여?" "대체 무슨 일이야?" "미안해, 지켜주지 못해서." "고마워, 다시 돌아와줘서." "너를 잃는 줄만 알았잖아." "다시는 내 곁을 떠나지 마." "우리가 함께 한 약속들을 기억해!"

수경은 긴 침묵의 시간을 깨고 마지막 생명력을 태우듯이 힘겹게 이 세상에 돌아왔다. 쓰러진 지 세 달 만이었다. 모두

들 놀랐다. 그저 기적이라고 믿었다. 그러나 반쪽짜리 모습으로. 의식은 분명하지만 모든 몸의 기관은 망가진, 더 이상 손가락 까딱 눈 깜빡 할 수 없는, 말 한마디 뱉지 못하는 고통의 세계에 발 디딘 채로. 내 간절함 때문이었을까? 죽음의 문턱에서 살아 돌아왔지만 수경은 죽음의 세계, 삶의 세계 그 어디에도 속하지 못한 낯선 존재가 되어버렸다.

수경이 그렇게 눈 뜬 지 두 달이 지났을 때였다. 대학병원에서 일반 병원으로 옮겨온 지 얼마 지나지 않았을 즈음의 어느 늦은 밤, 취침 약에 취해 잠든 수경을 확인하고 나도 눈을 붙이려던 그때, 수경이 두 손을 번쩍 들고 격하게 떨었다. 양쪽 동공이 풀린 채 허공만 맹렬히 응시했다. 깊은 새벽 응급실로 급하게 옮겨진 수경은 아무리 불러도 반응이 없었다. 수경의 의식이 다시 저 멀리 어둠 깊은 곳으로 사라지고 있었다.

원인 모를 급성 발작에 심박수가 200까지 뛰며 가파른 호흡마저 희미해지기 시작했다. 수경을 급히 인근 대학병원 응급실로 옮겼지만 이미 수경에게서 어떤 생명의 반응도 느껴지지 않았다. 아물지 못했던 괴로운 기억들이 마구 솟구쳤다. 이번엔 진짜 그녀를 잃게 될까 봐 덜컥 겁이 났다. 동시에 생각했다. 세상을 떠날 준비에 들어간 수경을 내가 억지로 다시 붙잡아 둔 것인지도 모른다고. 정말 안식의 세계로 향하던 그녀를 내가 이 세상에 다시 불러들인 걸까? 아무것도 확신할 수 없었다.

그 시간 그 장소에서 벌어졌던, 기억하기 싫은 파편 조각이 밀려왔다. 그동안 내가 알던 모든 세상의 질서와 법칙이 아무 소용없이 무너진 순간, 나는 수경을 잃고 나를 잃고 온 세상을 잃었다. 그 뒤에 찾아온 불안과 두려움, 고통, 고독의 날들. 우리에게 벌어진 이 상황이 대체 무엇 때문이냐고, 무엇을 위해서냐고, 누구를 위한 것이냐고 수없이 소리쳤던 시간.

잠시 후 정신을 차려 보니 그녀가 깨어 있었다. 의식은 제대로 돌아오지 못했지만 필사적인 몸부림으로 왼쪽 눈꺼풀만 간신히 뜬 채였다. 그런 수경을 보자 나는 일순간 번잡한 고뇌에서 벗어났다. 나를 짓누르던 무거운 질문들도 머릿속에서 사라졌다. 그녀가 살아 숨 쉬는 것이 내게 어떤 의미인지 그 순간 명확해졌다. 수경은 내 전부였다. 내 평생 내가 가진 어떤 것과도 바꿀 수 없는 유일한 사람.

누군가의 흐느낌과 의사들이 긴박하게 지시하는 소리로 혼잡했던, 그 새벽의 응급실. 생과 사의 갈림 사이 절박함만이 가득한 그곳에서 나는 무심코 이 말을 내뱉었다. 언젠가 멋들어진 장소에서 수경에게 전해주고 싶었지만 이제는 결코 꺼낼 수 없으리라 여겼던 말. 죽음이란 어둠의 통로를 뚫고 이 세상에 이제 막 다시 돌아온 그녀에게 전혀 어울리지 않는 말.

"죽지 마, 수경아! 나랑 결혼해줘!"

시끄러운 응급실에 일순간 침묵이 흘렀다. 나는 일생에 다시없을 급박한 순간에 가장 엉성한 프로포즈를 하고야 말았다. 초점 없이 천장을 바라보던 그녀의 벌어진 입술 사이로 희미한 빛이 번졌다.

고립

　　　　　　　　　병간호가 본격적으로 시작된 이
후 병원에서 지내는 것은 오히려 마음이 편했다. 수경의 곁에
서 눈을 뜨고 그녀의 상태를 확인하고 그녀를 지키는 일은 나
의 가장 중요한 하루 일과가 되었다. 다만 해결하지 못한 고민
이 하나 남아 있었다. 병원에 거하는 동안 서울의 내 자취방은
수개월째 방치된 상태였다. 경제 활동은커녕 수경을 돌보느
라 병원비 부담만 늘어나던 내게는 월세를 내는 것조차 버거
운 일이었다. 집은 아직 계약 만료까지 3개월가량 남아 있었
지만 그때까지 100만 원이 훌쩍 넘는 비용을 도무지 감당해
낼 수 없었다.

그 무렵 이미 두 차례 이어진 뇌 수술 이후 수경의 병원비는 이미 1200만 원을 넘어섰다. 변변찮은 살림살이에 고정적인 수입이 없던 수경의 부모님에게는 날벼락 같은 소식일 수밖에 없었다. 당장의 수술비도 낼 수 없는 형편에 길어지는 병원 생활은 수경의 가족에게 걷잡을 수 없는 부담으로 번지고 있었다. 나도 벌이는 없지만 불어나는 병원비를 보태고 싶었고, 그러기 위해서는 뭐라도 해야 했다. 결국 마음먹고 자취방을 빼기로 결심했다. 집주인에게 전화로 사정을 얘기하고 계약 만료일까지 기간이 남았음에도 집을 나올 수 있게 선처를 구했다.

수화기 너머로 안타깝다는 위로와 함께 도움이 될 수 있도록 조치를 취해주겠다는 집주인의 약속이 들렸다. 그러나 일주일이 지나 세부적인 일정을 논의하기 위해 다시 집주인과 통화했을 때, 나는 경악을 금치 못했다. 계약 만료일 전에 나가도록 해주겠다는 의미가 계약 기간까지의 월세를 일시로 내라는 의미였다. 집주인은 그게 계약 조건이라는 말만 되풀이했다. 그렇게 한다면 미리 짐을 챙겨 나오는 게 무슨 소용이 있을까. 매일 생사의 기로에서 이미 몸과 마음이 너덜거리던 내게는 집주인의 이치가 세속적인 탐욕으로 느껴졌고, 그것은 걷잡을 수 없는 분노로 치솟았다. 글에 담기 어려운 온갖

험한 말을 내뱉었지만 분이 풀리지 않았다.

그렇다고 해도 자취방을 유지하는 것은 내게 무의미했다. 결국 어느 늦은 오후, 자고 있는 수경에게 양해를 구하고 나와 무작정 짐 정리에 나섰다. 급하게 병원에 발을 들인 이후로 너저분하게 흩어진 옷과 물건들은 그날 이후의 급박했던 내 상황을 대신 설명하는 듯했다. 내게서 사정을 들은 친형이 나를 돕기 위해 직장에서 조퇴를 하고 나와 자취방에 들렀다.

대화가 극도로 제거된 짐 정리가 분주하게 시작됐다. 그간 공부해왔던 교재들과 스리랑카에서 복귀한 지 얼마 지나지 않아서 아직 정리하지 못한 기념품, 그해 가을 겨울 새로 장만했지만 입어보지 못한 옷들, 수경의 흔적이 담긴 노트와 옷가지들까지 말없이 상자에 욱여 담았다. 나머지는 쓰레기통에 미련 없이 쑤셔 넣었다. 그렇게 정리한 내 물건 박스들은 일단 수경의 자취방으로 보냈다. 그 당시 내가 가지고 있던 두 대의 기타는 무겁고 보관이 어려워 친구 집에 대신 맡겼다. 수경의 자취방도 얼마나 더 유지할지 모르겠지만, 수경의 부모님은 수경이 일어나 일상을 회복한다면 다시 돌아갈 공간이기에 그 방은 당분간 남겨 놓겠다고 했다.

모든 짐을 정리하고 병원으로 돌아가는 길, 이제는 유일하게 돌아갈 곳이 병원밖에 없다는 사실을 새삼 깨달았다. 더 이상 몸 편히 누일 곳 하나 없게 된 나는 내 존재의 뿌리까지 흔들리는 심정이었다. 끝을 알 수 없는 병원에서의 무력한 노숙 생활. 병원이라는 거대한 그림자가 나를 그대로 삼켜버릴 것 같았다. 이것이 전적으로 내 선택이었다고 해도 불안과 절망이 조금도 나아지진 않았다. 스물일곱 살의 봄, 그렇게 애를 쓰며 앞을 향해 전진해왔던 나는 생애 첫 실패감에 휩싸였다.

늦은 저녁 시간, 버스를 타고 병원으로 돌아가는 내내 수경과 함께 거닐던 거리와 자주 드나들던 카페의 조명이 낯설기만 했다. 우리가 함께 보낸 기억들이 버스 창밖 너머 잔상처럼 흩어졌다. 버스 안, 퇴근 후 집으로 돌아가는 탑승객들의 흥겨운 담소 사이에서 나는 조용히 고개를 떨궜다.

단절

　　　　　　　아무런 대비 없이 인생을 뒤흔드
는 풍랑을 만난 지 2주쯤 지났을까? 보름이라는 시간은 주변
사람들의 귓가에 내가 취업을 포기하고 사경을 헤매는 연인
에 매달려 밤낮 병원에 기거하고 있다는 소식이 들어가고도
남을 시간이었다. 수경 곁에 남아 있어야 할지 떠나야 할지 일
생 일대의 고민이 매일 눈앞을 가렸다. 그 와중에도 수경이 쓰
러지던 순간 살려주겠다고 외쳤던, 지키지 못한 약속이 매일
밤 나를 찾아와 괴롭혔다. 그 약속이 좀처럼 나를 놓아주지 않
았다. 그 당시 도움을 구할 사람이 내 곁에는 없었다. 그저 수
경의 고통이 끝나는 날 나도 이 괴로움에서 벗어날 수 있으리

라 생각하며 마음을 붙들어 맸다.

어느 날 갑자기 걸려온 한 통의 전화가 그런 나를 뒤흔들어 놓았다. 아버지였다. 잠시 망설이다 조심스럽게 휴대폰을 열었다. 처음에는 중환자실에서 나온 수경을 걱정하는 마음에서 전화한 것이라 여겼지만 아버지는 죽음을 가까스로 넘긴 수경의 현재 상태와 차도 여부에 대해선 전혀 관심이 없었다.

"너 거기서 뭐하고 있어?"

휴대폰 너머로 아버지의 불편한 심기가 오롯이 전해졌다. 원래부터 수경을 탐탁지 않아 했던 아버지였다. 그가 궁금한 것은 오직 이 시간 이후 내려질 내 결정과 선택뿐이었고, 그의 전화는 오로지 아들의 못마땅한 행동을 질책하기 위한 것이었다. 아버지는 내가 어울리지 않는 공간에서 벗어나 그가 있는 평범한 세계로 빨리 돌아오기만을 기다리고 있었다.

"그래서 어떡할 거니?"

"취업은 잠시 미뤄두려구요. 시간이 걸릴 것 같아요. 언제까지일지는 알 수 없어요."

휴대폰 너머 저편에서 무거운 한숨이 흘렀다. 이어진 냉정한 목소리가 내게 정답을 요구했다.

"결혼한 사이도 아닌데 네가 왜 거기에 있어? 넌 네 인생을 살아야지!"

성인이 된 후 부모의 품을 떠나 살았지만 아버지의 존재가 그때보다 멀게 느껴진 적은 없었다. 지금까지 우리가 경험하고 이해한 세상이 달랐고 앞으로도 상이한 두 세계는 결코 만날 수 없을 것 같았다. 무엇보다 나는 그가 원하는 답을 따를 수 없었다. 정답을 강요받을수록 내 방어 태세는 높아졌다. 대화가 길어질수록 서로의 언성은 점점 높아졌다. 부자 사이에 꺼내선 안 될 말들도 몇 차례 지나갔다. 나는 의사를 굽힐 생각이 없다는 확고한 결심을 전했다.

"그만 두세요. 이게 제 인생이에요."

독기 어린 내 말이 끝나자 냉기 어린 침묵이 흘렀다. 그리고 이내 서늘한 선언이 귓가로 전해졌다.

"…… 그래, 이제부터 너는 우리 가족이 아니다. 병원 나오기 전까지 연락하지 마라. 연락해도 안 받을 테니까."

아버지와 나의 마지막 대화였다. 그로부터 4년이 지나기까지 아버지는 마지막 약속만은 굳게 지켰다.

그동안 내가 노력하지 않은 것은 아니다. 먼저 전화를 걸어 오해를 풀려고도, 먼 길을 이동해 고향 집 앞까지 찾아가 연락해보기도 했다. 하지만 번번이 노력은 좌절이 되어 돌아왔다. 어머니와 형은 그런 나를 안타깝게 여기며 당장 아버지에게 용서를 빌기를 권했다.

"진휘야, 네가 먼저 잘못했다고 하렴. 그럼 아빠도 용서하실 거야."

그때 그 말은 내게 비수처럼 느껴졌다. 나는 내 잘못이 무엇인지 알 수 없었다. 그저 내 연인을 사랑하기로 선택했을 뿐이다. 심지어 나 자신보다도. 혹여 가족이나 나 자신이 아니라 아픈 연인을 택한 것이 잘못이라면, 그래서 평생 죄인 취급을 받는다고 해도 그렇게 살 작정이었다.

그 당시에는 그런 내 선택이 부모의 마음을 아프게 한다는 데까지 생각이 닿지 못했다. 그때 나는 내가 처한 현실만으로도 정신차리기 힘겨울 만큼 괴로웠다. 이런 순간 가족이 함께 있어주길 바랐다. 내게 어떤 선택을 강요하기보다 죄책감과 두려움, 막막함 속에서 발버둥치고 있는 나를 안아주기를 바랐다. 그런 가운데서 수경을 지키기로 한 내 선택의 무게를 조금이라도 이해해주기를 바랐다. 그러나 가족들은 결코 알 수 없었다. 결국 병원에서 수경을 돌볼수록 아버지와의 불화는 깊어졌고, 나는 그에 대한 서운함과 원망만 커져갔다.

그 이후 언젠가 누구에게도 터놓지 못해 속으로 쌓여가는 답답한 심정을 형에게 쏟아낸 적이 있다. 앞이 보이지 않는다는, 인생이 끝난 것만 같다는 그런 이야기들을. 그때 무심하게 듣고 있던 형은 한마디를 툭 내던졌다.

"힘들다고 하면 안 되지. 네가 원해서 한 결정이잖아."

그 말 한마디에 형이 내게 작은 위로라도 해주길 기대하고 있었다는 사실을 깨달았다. 동시에 그조차도 허락되지 않는다는 사실이, 마지막 내 편이라고 믿었던 형조차 나를 이해할 마음이 없다는 사실이 나를 무참하게 했다. 그때 내 안에 하나 남은 문마저 닫히는 소리가 귓가에 들려왔다.

온 가족으로부터 거부당한 것만 같았다. 가족이라면 인생이 무너져 낭떠러지로 몰린 것 같은 괴로운 순간에 함께 있어줘야 한다고 믿었는데, 다른 사람도 아닌 가족들이 툭 밀어 절벽 아래로 떨어뜨린 것만 같았다. 평화로웠던 세계에서 한순간 밀려나 철저히 고립되었다고 느꼈다. 불안은 걷잡을 수 없이 커졌다. 내가 있는 세계로부터 완강하게 문을 닫아버린 가족이 떠오를 때면 사무치도록 서운했고, 그 마음은 때때로 분노가 되었다. 그렇게 한번 금이 간 관계는 걷잡을 수 없이 파국으로 치달았다.

가족조차 나를 이해하지 못하는데, 받아주지 못하는데 그 누구도 나를 이해할 수 있을 것 같지 않았다. 누군가의 이해를 기대할수록 돌아오는 상처는 컸다. 차라리 혼자인 것이 낫다고 생각했다. 기대할 여지조차 만들지 않을 심산이었다. 내게 걸려오는 주변 친구들의 전화와 연락을 피하고 수경에게만 집중하기 시작했다. 그러자 내 주위를 맴돌던 평범한 일상의 세계는 조금씩 멀어졌다. 어느새 가족도, 직장도, 결혼도, 앞날에 대한 걱정도 더는 중요하지 않았다. 그렇게 나 스스로 평범의 세계로부터 점차 멀어지고 있었다.

그러나 사실 그때 나는 누군가가 내게 답을 알려주길 원했다. 나보다 앞서 나와 같은 고민을 헤쳐간 누군가가 내 옆에 있어주길 바랐다. 나의 죄책감과 불안, 막막함, 절망, 하루에도 수십 번 오르내리는 마음을 먼저 겪었을 누군가를. 그러나 그때 내 곁에 그런 사람은 없었고, 그 누구도 내가 가야 할 방향을 제시해줄 수는 없었다. 평범한 세계에 속한 사람들을 만날수록 더 외롭고 내 현실이 비참하기만 했다. 결국 생각은 한 가지 방향으로 깊어졌다. 누군가에게 기댈 수 없다. 이 과정은 철저히 혼자가 되어야 버텨낼 수 있다. 누군가를 의지하려는 순간 헛된 기대가 약해진 마음의 빈틈을 비집고 들어올 테고, 그것은 결국 고통과 실망의 후폭풍으로 나를 짓이겨 놓을 것이라고.

침묵

'쓰러진 지 두 달이 지나도록 응답이 없다.

생명 유지 장치의 주기적인 신호만이 그녀가 아직 떠나지

않았음을 확인시켜줄 뿐이다.

저 희미한 심장 박동 소리가 멈추는 날 수경은 사라진다.

이 세상에서 영원히.

간신히 뜬 왼쪽 눈은 멍하니 나를 넘어

죽음의 세계를 응시하고 있다.

동공이 풀린 눈동자에는 어떠한 세상의 빛도 담기지 않는다.

반쯤 열린 눈꺼풀은 힘없이 제자리로 돌아간다.'

막연한 기다림이 이어지던 나날. 수술 부위에 맺힌 피고름이 사라지고 얼굴의 부기가 빠져 어느덧 수경은 익숙한 그녀의 옛모습으로 돌아오고 있었지만, 매일 아침 내가 경험하는 것은 그리움이었다. 다정한 목소리로 수줍게 불러주던 내 이름, 요리할 때마다 흥얼거리던 익숙한 콧노래, 나를 바라볼 때 진심이 담긴 눈동자……. 내가 알던 그녀는 이제 없었다. 바깥 세상은 빠르게 흘러 어느새 여름을 향하고 있지만 우리가 있는 이곳은 멈춰버린 세계였다. 차갑게 식은 수경의 기운이 주변 온도마저 싸늘하게 만드는 것 같았다.

일요일 오전이면 병원 곳곳에선 찬송가 소리가 들렸다. 그날도 다르지 않았다. 익숙한 곡조에도 내 입은 떨어지지 않았다. 내 눈앞에 놓인 수경의 입술도 마찬가지였다. 창밖에선 가랑비가 소리 없이 잘게 내리고 있었다. 수경은 이런 가랑비를 좋아했다. 흐린 하늘 우중충한 구름들 사이로 비치는 회색 빛 세계를 보길 즐겼다. 시원한 바깥 바람을 그녀에게 전해주고 싶은 아침이었다.

축 늘어진 그녀를 온몸으로 짊어지고 휠체어에 옮겨 실었다. 시트 위에서 중심을 잘 잡지 못해 등받침과 팔걸이에 위태롭게 걸쳐진 그녀를 밀며 주말 병원 산책에 나섰다. 인기척 하나 없이 정적만이 감도는 병동을 지나 옥상 정원으로 향했다.

휠체어로 이동하는 동안 무슨 꿈을 꾸고 있는지 수경의 오른쪽 다리가 점점 뻗치며 공중으로 들렸다. 꿈속에서 어디를 오르고 있는 걸까. 그곳에서 너는 어떤 모습일까. 대체 무슨 생각을 하고 있을까. 온전히 자유로울까. 부디 현실 세계보다는 나은 세상이기를. 울퉁불퉁한 바닥을 지나가도 돌아오는 대답은 없었다. 몇 차례의 고비는 넘겼으나 수경은 여전히 깊은 잠에 빠져 있었다. 호흡을 위해 목에 뚫어 놓은 구멍에서 피로 엉겨 붙은 가래가 튀어나왔다.

빗소리는 우리를 잠시 다른 공간으로 인도했다. 병원 옥상 정원에 있는 쉼터에서 비를 피하며 듣는 느린 빗소리. 답답한 병원 건물 안에서는 들을 수 없던 자연의 소리. 언젠가 그녀와 프라하 거리를 거닐며 들었던 익숙한 빗소리 같았다. 그때 우리는 나란히 손을 잡고 걸었었는데. 비에 옷이 젖으면서도 웃음이 끊이질 않았었는데.

등에 메고 왔던 기타 케이스를 내려놨다. 기타를 꺼내 음을 조율하고 목을 풀며 단 한 명의 청중을 위한 무대를 준비했다. 손에 익은 연주, 익숙한 메들리. 첫 곡은 그녀가 좋아하던 제이레빗의 〈내일을 묻는다〉. 몇 달 전만 해도 함께 연주하며 노래 부르던 곡이었다. 그녀의 부탁으로 기타를 가르쳐주었고, 수경이 홀로 연주에 성공한 날 우리는 어설픈 녹음을 마치고 함께 축배를 들었었다.

혹시나 싶은 마음에 노래를 부르며 수경의 표정을 살폈다. 그러나 수경의 얼굴은 여전히 깊은 잠에 빠져 아무 동요가 없었다. 아주 짧은 시간만이라도 이 음악을 듣고 잠에서 깨어나기를 하늘을 향해 기도했다. 그녀와 나 사이 1m 거리. 그 사이를 막아선 무수한 차원의 벽을 넘어 그녀에게 이 노래가 전달되기를. 너를 위한 노래, 너를 부르는 노래. 이 노래가 꿈속에서 길을 헤매고 있는 네 영혼에 닿기를. 네가 갇힌 캄캄한 세계와 이 세상을 이어주는 나침반이 되기를.

나만의 착각일까? 생기 없는 표정에 작은 변화가 일어난다. 눈썹이 떨리고 입이 꿈틀거린다. 이내 하품을 하며 입을 크게 벌리던 그녀가 왼쪽 눈을 들어 나를 응시한다.

빗소리가 사그라들었다. 기타 반주가 멈추고 빗줄기도 멈췄다. 걷힌 구름 사이로 아침 내내 모습을 감추었던 해가 슬며시 얼굴을 비쳤다. 기타를 잠시 손에서 놓고 따사로운 햇볕을 향해 수경과 자리를 옮겼다. 6월의 햇살이 처음 수경을 맞이했다. 계절이 지나 볕은 뜨거워졌지만 수경은 태양을 향해 벌어진 눈을 감을 줄 모른다.

변덕스러운 하늘만큼이나 걷잡을 수 없는 세상살이를 한탄했다. 너는 언제 돌아올까? 과연 다시 내게 돌아올 수 있을까? 그녀의 귀에 대고 이름을 속삭였다.

수경아.

그러나 돌아오는 건 침묵뿐.

인생의 진심 어린 순간은 항상 너무 늦게 마련이다. 아무리 솔직한 마음을 전하고 그녀 이름을 불러봐도 돌아오는 응답은 없었다. 기약 없는 기다림 속에서 갈 길을 잃었다. 내가 믿고 있던 종교관이 무너지는 경험이었다. 신은 있느냐고 하늘을 향해 외쳤다.

목소리

　　　　　마지막으로 수경의 목소리를 들
었던 것이 언제였을까. 그녀가 침묵 속에 살아온 지도 10년.
다정하게 내 이름을 불러주던 그녀의 목소리는 기억 속에서
꺼내는 것조차 낯설다. 오래 묵은 추억을 뒤져보지만 어디에
도 남아 있지 않다. 지금 그녀가 무슨 생각을 하고 있는지 나
로선 도무지 알 수 없다.

* * *

처음에는 말을 찾을 수 있을 것이란 희망을 가졌다. 쓰러진

후 3개월이 지나 수경이 눈을 떴을 때 기적적으로 의식이 온전한 것을 확인하고 금방이라도 일어나 일상을 회복할 수 있을 거라고 여겼다. 그 이후 고단한 회복의 여정이 시작됐다. 하루에 8~10개의 치료들. 재활치료, 작업치료, 연하(삼킴)치료, 언어치료, 전기자극치료, 경사침대치료(독립적으로 일어서기 어려운 환자에게 선 자세를 경험하게 해주는 치료 방법) 등, 이른 아침부터 오후 4시가 넘도록 매일매일 고강도 회복 훈련이었다.

대부분의 치료가 근육을 다시 사용할 수 있도록 하는 데 초점을 맞췄지만 난 무엇보다 그녀가 언어를 되찾기를 바랐다. 우리 사이에 대화가 소멸한 지도 100일이 넘어갈 때쯤, 나는 이 불완전한 관계를 어떻게 이어가야 할지 자신이 없었다. 애원하며 나를 원망하는 목소리라도 상관없으니 수경의 목소리를 다시 들을 수만 있다면 어떤 대가라도 치를 수 있을 것 같았다. 그만큼 점점 위태로워져만 가는 우리의 관계를 다시 붙잡아둘 최소한의 의사 소통이 가능하길 바랐다. 하지만 수경이 미약하나마 유일하게 제어할 수 있는 눈동자 움직임마저 부정확해서 나는 그녀의 사소한 요구도 제대로 받아주지 못하고 착각하기 일쑤였다. 물론 나보다 수경이 더 답답한 심정으로 괴로웠겠지만. 강도 높은 재활 훈련을 반복하고 있음에도 수경의 근육들은 아무런 응답이 없었고, 우리 사이의 장벽은 높아지고 있었다.

얼마 뒤 수경의 주치의는 나를 불러 수경의 상태를 알렸다. 그는 조심스럽게 MRI 사진을 꺼내 보이고는 입을 열었다.

"우뇌를 다치고 의식을 찾은 환자들은 보통 편마비만 동반하는데…… 수경 님의 경우 뇌출혈이 발생한 부위는 이 우뇌 부분인데, 출혈 이후 의식이 없던 시기 동안 두 차례에 걸쳐 뇌경색이 지나간 흔적이 발견되거든요. 경미하지만 그 부위가 모든 뇌 신경을 척수로 내려 보내는 뇌간이란 부분이에요."

사진을 보며 설명을 듣던 내 심장이 철렁했다.

"전신이 마비된 이유가 그럼……."

"네, 소견상 수경 님이 전혀 몸을 움직일 수 없게 된 이유라고 볼 수 있을 만한 부분은 이것뿐이네요."

"다른 방법이 없을까요?"

"일단은 재활치료를 받으면서 지켜보시는 것 말고는 딱히 방법이 없어요."

딱히 방법이 없다……. 이 말처럼 막막한 말이 또 있을까? 끝을 알 수 없는 외줄 위를 걷는 기분이었다. 답답한 마음에 치료실로 향했다. 치료실 유리문 너머로 치료용 매트에 누워 있는 수경이 보였다. 서로 반대편으로 벌어진 눈동자 아래로 떨구는 눈물이 고통을 호소하고 있었다.

그 당시 수경은 완전히 안으로 말려 굳어버린 손가락을 펴기 위한 공포의 재활 시간을 보냈다. 근육이 짧아져 펴지지 않는 손가락을 하나씩 억지로 늘려 책상 위에 두고서 모래 주머니로 고정하는 식의 훈련이었다. 마치 매일 억지로 양다리를 가로 찢기 하는 것과 비슷한 고통일까. 수경은 손가락 펴기에 집중하던 그 작업치료에 가기를 특히 꺼려했다. 담당 치료사의 얼굴만 봐도 울음부터 터트렸다. 수경의 속마음이 들리는 듯했다.

'나를 그냥 내버려둬. 이미 충분히 괴롭단 말이야.'

그렇게 눈물의 한 달이 지날 무렵, 손가락은 여전히 가만히 두면 말렸지만 원래의 모습처럼 펴질 수 있을 정도로 근육의 이완 능력이 좋아졌다. 매일 손가락을 펴고 구부리기만 반복하던 수경은 어느새 떨리는 움직임으로 스펀지 공을 잡고 떼는 훈련까지 발전했다.

그러던 어느 날 치료사가 수경의 손에 펜을 쥐여줬다. 혼자서는 펜을 잡은 손가락을 고정할 수 없어 내가 옆에서 보조했다. 치료사가 수경에게 말했다.

"수경 님, 이름 한번 써볼까요?"

그 말에 수경은 온 신경을 집중해 오른손 끝 미세한 움직임으로 무언가를 끄적이기 시작했다. 알아보기 힘들었지만 자신의 이름, '허수경'이란 글씨임에 분명했다. 감격스러웠다. 그날을 시작으로 손 근육이 점차 힘을 얻고 다시 예전처럼 펜을 쥐고 글을 쓸 수 있을 거라고 생각했다. 하지만 희망은 오래 가지 않았다. 가족이 아니면 누구도 알아보지 못할, 두 번의 휘갈겨 쓴 이름만 남기고 수경의 손 근육은 그대로 퇴화했다.

손가락 하나라도 까딱할 수 있었으면.

그저 아무 손가락이라도 상관없으니 작은 버튼 하나 누를 수 있을 정도의 힘만 남아 있더라도 그 마음의 답답함을 조금은 해소할 수 있을 텐데.

보드판 위에 어설프게 끄적인 흔적을 지우면서 수경은 그녀의 세계를 이루는 글과 말 중 하나와 작별을 고했다. 매일 그녀의 머릿속에 넘쳐나는 생각과, 형체를 갖지 못한 관념의 세계를 표현할 방법 하나가 영영 지워진 셈이었다.

언어치료에서는 직접적으로 수경의 말을 되찾기 위한 각고의 노력이 펼쳐졌다. 머릿속에 떠오른 언어를 말로 표현하기 위해선 정교한 단계들을 거쳐야 한다. 턱을 움직이고 볼 근육을 당겨 혀를 움직이는 동시에 배에 힘을 집어넣고 성대로 공기를 밀어내는 과정. 하나의 음절과 단어, 문장이 온 신체의 정확한 역할 수행과 정교하게 짜맞춰진 협력의 결과로 탄생한다. 우리가 별 생각없이 내뱉는 의미 없는 말들조차 매번 이 일련의 복잡한 과정을 거치며 튀어나간다. 그러나 그 어느 것 하나 수경에겐 넘을 수 없는 높은 산과 같았다.

"수경 님의 성대는 어디 보자, 아무 문제가 없네요. 보통 뇌 손상 환자에게서 발생하는 마비 증세로 성대도 한쪽은 벌어지는 게 일반적인데, 수경 님 성대는 살짝 느슨해져 있긴 하지만 기능적으론 문제가 전혀 없습니다."

말을 되찾을 거란 희망. 또다시 배반당할지 모를 그 희망을 다시 붙들었다. 특별히 언어치료에 집중한 이유도 신체 중 상대적으로 손상이 덜한 성대를 다시 일깨울 수 있을 거란 기대 때문이었다.

"자, 수경 님, 배에 힘을 줘볼까요?"

행여나 소리가 새어 나가지 않도록 목에 뚫린 절개 부위를 테이프로 붙여 막은 후, 수경은 언어치료사의 신호에 맞춰 배에 힘을 주기 위해 안간힘을 썼다.

"하나, 둘, 셋! 힘 주세요. '아', 소리 한번 내보실까요?"

배에 힘을 주는 방법을 잃어버린 수경은 수백만 번 자연스레 내왔던 그 소리를 찾지 못해 난감한 표정이었다. 배에 힘을 싣는 방법을 찾도록 옆에서 내가 수경의 호흡에 맞춰 그녀의

배를 눌렀다. 긴 시간 시도 끝에 귓가에 들리는,

"아ー."

음성이라고 하기엔 보잘것없이 공기 중으로 흩어지던 소리. 그 짧고 미세한 소리는 내가 기억하던 그녀의 육성과는 다르고 음성이라고 하기엔 약하기 그지없지만 분명히 수경이 직접 낸 목소리였다. 자신이 소리를 냈다는 사실에 스스로도 놀랐는지 수경은 소리 없는 웃음을 터트렸다. 험난했던 재활치료 중 손에 꼽는 기쁨의 장면이다. 보편의 세계에서 밀려난 삶이지만 스스로의 힘으로 작은 무언가를 해낼 수 있다는 사실을 재발견한 벅찬 순간. 나는 그때 이런 순간들이 상처로 얼룩지지 않기만을 바랐다. 하지만 희망도 잠시, 뒤를 돌아보면 언제나 발뒤꿈치까지 따라붙은 절망이 우리를 잡아먹을 태세로 달려오고 있었다.

병실 밖으로 눈보라가 휘몰아치는 풍경, 북한산 자락에 위치한 병원 차창 너머로 꿩이 먹이를 찾아 서성거리던 생경한 장면, 말을 되찾겠다는 수경의 의지가 눈이 쌓이는 만큼 높아져가던 것으로 기억되었던 그 겨울. 그렇게 네 번째 병원에서의 치료를 끝으로 지독했던 생존기의 첫 해가 지나갔다. 그와 함께 언어치료에 대한 기대감도 점차 사라졌다.

* * *

부질없이 던져져 공기 중 사라지는 말들로 가득한 세상. 지금도 세상은 가벼운 농담과 인사로 쉴 새 없이 시끌벅적하고 모든 생명들이 서로 에너지를 교류하지만, 오직 수경만은 그 소란스러운 세상에서 여전히 제외되었다.

언어

수경은 161cm, 45kg 규격의 감옥에 갇힌 채 내가 닿을 수 없는 무의 세계에서 심연 아래로 점점 가라앉고 있었다. 그 어둠으로부터 그녀를 다시 건져내기 위한 작업이 계속되었지만 일어날지 아닐지 모를 기적만 바라며 우리의 절박한 미래를 불확실성에 내맡길 수는 없었다. 수경과의 소통을 회복하기 위해 보다 확실한 방법을 찾아야 했다.

한창 치료가 진행되던 중 언어능력을 상실한 사지 마비 환자들도 소통할 수 있게 돕는 장비가 있다는 소식을 우연히 들었다. 흔히 안구 마우스라고 불리던 그 장비는 주로 루게릭 환자들을 위해 고안된 것으로, 눈이 신체 부위 중 가장 마지막으로 운동 기능을 상실한다는 점에서 착안한 기기였다. 이 기기를 사용하면 환자가 눈동자를 움직여 컴퓨터로 타이핑을 하면서 문장을 완성할 수 있었다.

수경도 의식을 회복한 뒤 천만다행으로 눈동자는 가까스로 움직일 수 있었다. 물론 뇌출혈의 후유증으로 동공과 홍채가 아직 제 기능을 하지 못해 동공부동(생리적 또는 병적 상태에서 좌우 동공의 크기가 다른 경우) 같은 증상이 남아 있고, 양쪽 눈이 정확한 초점을 맞추는 데 어려움을 겪고 있지만, 눈동자를 원하는 방향으로 돌리는 기본적인 운동은 미약하게나마 가능했다. 시선의 움직임에 따라 고개 방향이 결정될 정도로 수경에게 있어 시각 활동은 절대적이었다.

수경도 눈을 움직여 안구 마우스를 사용하면 기본적인 의사소통을 할 수 있을 거란 기대에 부풀었다. 하지만 안구 마우스는 수요가 적어 개발 사례가 극히 드물었다. 의료기 시장에서 흔히 구할 수 있는 물품이 아니었고 가끔 대기업의 의료 지원 캠페인에서나 한 번씩 등장할 법했다. 사실 보급된 기기조차 정확성이 떨어져 성능을 보장할 수 없기도 했다. 사용자가 긴 시간 훈련을 해서 기기의 오류에 적응해야 할 정도라는 말도 있었다. 그래도 우리는 그 기기에 실낱 같은 희망을 걸어보기로 했다.

그러나 안구 마우스는 쉽게 구할 수 없었다. 그 대신 안구 마우스의 보급 확대를 위해 노력하는 한 기관으로부터 우연히 장비의 기본 원리를 알게 되었다. 양쪽 눈으로 보정하는 대신 한쪽 눈만으로도 최소한의 기능을 할 수 있다는 것도 알 수 있었다. 기본적으로 카메라를 이용해 눈의 움직임을 파악하고, 미리 정해둔 자음이나 모음의 위치값과 눈동자 움직임이 일치할 때 타이핑이 되는 구조였다. 대학에서 전자공학을 전공한 내게는 그렇게 어려운 원리는 아니었다.

힘겹게 온라인을 뒤져 기본적인 설계도를 구했다. 가시광선을 차단한 카메라를 설치하고, 동공의 움직임을 정확하게 파악하기 위한 적외선 램프를 연결하면 연동된 프로그램에서 눈동자로 글자를 입력하는 방식이었다. 설계도를 꼼꼼히 살펴보니 잘하면 직접 만들 수 있을 것 같았다. 이날을 위해 대학에서 4년 내내 납땜을 하고 각종 전자 장비에 대해 공부한 게 아니었을까 하는 생각이 들 정도였다.

그렇게 수경이 잠든 밤마다 불 꺼진 병원 휴게실에서 작업하기 시작한 지 한 달, 몇 번의 실패를 거듭한 끝에 결국 내 손으로 그럴싸한 첫 안구 마우스를 탄생시켰다. 그 기기는 수경의 두 눈 중 상대적으로 움직임이 나은 왼쪽 눈동자에 맞춰 설계되었다. 시험 삼아 내 왼쪽 눈 동공에 위치를 잡아 보니 기본적인 트래킹 기능은 작동했지만 나조차도 조작이 쉽지는 않았다.

아침이 오기를 기다려 날이 밝자마자 수경에게 안구 마우스를 선물했다. 머리띠에 카메라와 회로를 새까만 절연 테이프로 칭칭 감은 기이한 외관에 수경은 처음에는 놀랐지만 이내 호기심 가득한 표정을 지었다. 혹시 모른다는 기대를 안고 안구 마우스를 수경의 머리에 씌웠다. 그러나 결과는 참패. 수경이 안구 마우스로 속마음을 표현하길 간절히 바랐지만, 수경의 눈은 이미 뇌출혈 후유증으로 동공 움직임이 부정확해 시선을 특정한 곳에 두거나 한곳에 고정할 수 없었다. 게다가 원하는 자음 앞에서 정확하게 눈동자를 고정하고 깜빡임으로 타이핑하는 안구 마우스의 시스템은 눈 주변 근육을 조절할 수 없는 수경에게 그저 그림의 떡이었다.

매일 밤 기대에 들떠 쏟았던 모든 노력은 수포로 돌아가고, 병원 한편을 차지하던 안구 마우스는 집 안 어딘가로 자취를 감췄다. 한참 나중의 일이지만 수 년이 지나 수경이 거하는 지방자치단체 복지 기관에서 안구 마우스를 대여해주는 3인에 뽑혀 성능 좋은 기기를 써볼 기회가 생겼다. 하지만 그 장비조차 수경의 부정확한 눈떨림을 문장으로 바꾸어 놓지는 못했다.

안구 마우스의 실패 후 시도한 작업은 글자판이었다. 수경의 눈동자 움직임을 기계에 의존하지 않고 우리가 직접 눈으로 찾고 말로 물어보면서 확인해 문장으로 만들겠다는 시도였다. 디지털 시대에 완전한 아날로그 방식의 재현과도 같았다.

먼저 휴대폰의 천지인 입력 모양을 참고해 커다란 보드판에 자음과 모음을 구분해 새겼다. 수경이 눈으로 가리킨 곳에서 범위를 좁혀 자음, 그 다음 모음, 하나씩 찾아 글자를 만들어가려 했지만 막상 초기 버전의 글자판으로는 수경의 시선을 정확하게 가려내기가 쉽지 않았다.

시행착오를 거치고 보완해 만든 두 번째 글자판은 의외의 성과를 보였다. 휴대성을 고려해 기다란 시트지 4개를 준비해 각각 단자음, 단모음, 쌍자음, 겹모음을 간격을 두고 배열했다. 또 다른 시트지에는 수경이 자주 요청하는 사항들을 담았다. 가려움, 통증, 목마름, 기저귀 교체, 체위 변경 같은 기본적인 요구사항을 입력해 출력했다. 마침 수경의 여동생 회사에 대형 인쇄물 프린터가 있어 도움을 받았다.

수경이 누워 있는 침대 위에서 양손으로 글자판을 잡고 하나씩 펼치면 수경은 그 사이에서 눈동자로 원하는 음운을 지목해 문장을 완성해나간다. 간단한 요구사항을 나타내는 한 문장을 만드는 데 보통 15분 이상 걸리기도 했지만, 부정확한 눈 깜빡임이나 시선으로 예, 아니오 정도의 대답에 그쳤던 지난 날과는 비교할 수 없는 발전이었다. 수경의 생각을 직접 문장으로 옮겨 전달할 수 있다는 점에서 우리에겐 혁명 같은 변화였다.

완성된 글자판을 받아 들고 당장 수경에게 달려가 처음 대화를 시도했던 날을 기억한다.

"수경아, 앞으로는 우리가 이 글자판을 가지고 대화를 나눌 거야. 지금 당장 하고 싶은 말이 있다면 하나씩 선택해볼래?"

수경의 대답이 궁금하면서도 마음 한편엔 불안감이 엄습해왔다. 그녀의 뇌가 온전하다고는 믿고 있지만 겉으로 보이는 모습과 달리 안쪽에서는 혹시나 생각하는 능력까지 잃어버리진 않았을까 하는 두려움은 남아 있었다.

처음 시도에서는 수경도 낯설고 불편해해 긴 문장은 완성하지 못했다. 긴 문장을 만들기 위해 눈을 사용하는 일은 수경에겐 굉장한 피로를 유발한다. 우리는 몇 번의 실패 끝에 우선 초성만 찾고 나머지 모음으로 글자를 완성하기로 했다. 20분 넘게 걸려 힘겹게 얻은 글자의 초성들을 나열하고, 자음표를 돌려가며 맞는지 되묻기를 반복해 확인한 다섯 개의 자음은 바로 'ㅁㅈㅁㅇㅈ'. 이번엔 모음표를 꺼내 첫 글자부터 완성해보기로 했다. 다시 오랜 시간이 걸렸지만 한 글자씩 서서히 의미가 새겨지고 수경의 생각이 윤곽을 드러냈다.

물 좀 많이 줘.

수경은 그 기세로 다음 말까지 내뱉었다. 1시간 가까이 걸려 찾은 초성은 'ㅅㄱㅂㄷㅁㅇㅁㅇㅌ'. 이번에도 도무지 감을 찾을 수 없었다. 하나씩 모음과 함께 글자를 확인하고서 문장을 완성한 순간, 의미가 선명해졌다. 긴장이 역력하던 수경도 드디어 웃음을 되찾았다.

생각보다 목이 많이 타.

수경이 다시 우리 품에 돌아와 처음으로 내뱉은 말이었다. 기대했던 어떤 말보다 강렬했다. 수경의 첫마디는 살고자 던진 절실한 외침이었다. 신세를 한탄하면 어쩌지, 우리가 감당하기 힘든 심정을 토로하면 어떡하지, 하며 괜한 걱정으로 위축되어 있던 사람은 오히려 나였다. 그렇게 소소한 대화가 글자판으로 전달되자 우리는 서로를 조금 더 이해할 수 있었다.

　재활병원에서 운영하던 장애인 보조도구실에선 우리가 만든 글자판을 참고 삼아 비슷한 훈련을 이어 나갔다. 눈동자를 더 정확하게 움직이기 위한 훈련으로, 웹카메라를 이용해 화면에 뜨는 분할된 구획 속에 보라색 사각형이 나타나면 시선으로 그 도형을 찾도록 했다. 고개를 돌려 더 오래 응시하고 시선을 한곳에 고정하는 능력을 기르기 위한 것이었다. 다만 이 훈련은 이미 예정된 재활훈련을 마치고 진행되는 방과 후 수업이었고, 수경은 졸음을 유발하는 수면 성분이 들어간 수십 종류의 약을 몇 시간 주기로 복용하면서 매일 주어진 재활훈련을 해내고 있었으므로, 이 둘을 병행해야 하는 것은 수경에게도 내게도 벅찬 일일 수밖에 없었다. 수경은 매일 피로에 지쳐 졸린 눈을 뜨기 위해 안간힘을 쓰며 고개 훈련을 하느라 서늘한 실내 공간에서도 식은땀을 잔뜩 흘렸다.

　그렇게 시간이 흐르고 다시 병원을 옮기기 전, 마지막 보조도구 수업이 찾아왔다. 그동안 훈련으로 힘들어하던 수경을 위해 마지막 수업은 담당 선생님의 도움을 받아 그녀의 생각을 대신 받아적기로 했다.

　"수경 님, 내일은 수경 님이 앞으로 하고 싶은 일이나 말이 있다면 전달해보는 거예요. 내일까지 한번 생각해봐요."

평소 의료진이나 내 요구사항이 아닌 수경의 진심을 들어 보기 위해 하루의 시간적 여유가 주어졌다. 수경은 그날 밤 자신이 전하고 싶은 말을 고르기 위해 기대에 부푼 어린아이의 모습으로 한동안 잠에 들지 못했다.

다음 날 수경은 특수 컴퓨터 앞에 섰다. 그동안의 고개를 가누는 훈련의 성과를 보여주듯이 떨리는 고개로 자음과 모음을 하나씩 차근차근 가리켰다. 그녀가 자음이나 모음을 지목하면 선택한 음운이 맞는지 내가 확인하고 담당 선생님이 대신 키보드로 입력해주었다. 20분 가까운 시간이 걸려 수경은 제 마음속에 담아 놨던 한 문장을 완성했다.

아아 이 길고 긴 여정이 언제쯤 끝이 날까?

네 번의 침묵의 계절이 지나고 아무 일 없었다는 듯 다시 봄바람이 불어올 즈음, 그녀가 전한 첫 속마음이었다.

갈증

더웠던 어느 여름날, 수경과 함께 재활치료를 끝내고 병실에 돌아와서는 별 생각 없이 수납장에 올려둔 물병을 집어 들고 벌컥벌컥 물을 삼켰다. 수경이 보고 있을 거라는 생각은 하지 못했다. 그 모습을 숨죽여 지켜보던 수경은 온몸을 다해 소리를 지르며 고통을 표현했다. 의식을 잃었던 수경이 눈을 뜬 지 반년쯤 지났을 때였다.

수경은 그때까지 물 한 모금 마실 수 없었다. 연하 기능을 상실했기 때문에 물처럼 점성이 없는 액체가 입에 들어가면 곧바로 호흡기나 폐로 흘러 들어갈 수 있어 위험했다. 입을 움직일 수 없는 대신 간혹 입에 고인 침을 넘기기 위한 반사적인 삼킴 반응만 가끔 튀어나올 뿐, 건강했던 시절처럼 하루 세끼 음식을 먹는 것은 고사하고, 당장 혀 위에 음식을 놓아줘도 수경의 턱은 움직일 생각을 하지 않았다. 코로 삐져나온 관을 통해 위까지 안전하게 유동식을 투여하는 방법으로 하루치 모든 영양분이 공급됐다. 수분도 오직 위로 연결된 그 관을 통해서만 들어갔다. 어떤 음식이든 삼킬 능력을 상실해버린 수경에게는 물 마시는 것조차 사치가 되어버렸다.

물 한 모금 마시지 못해 수경의 입안은 늘 타들어갔다. 매일 물을 달라고 애원하며 울었지만 오히려 입만 더 바싹 마를 뿐, 지켜보는 나와 수경의 가족들이 해줄 수 있는 것은 없었다. 그래도 재활치료 시간에 입안 근육을 풀어주거나 레몬즙 같은 신 물질로 자극을 주는 연하치료를 매일 받고 있었기에 아직 반사 움직임에 불과했지만 삼킴 능력은 조금씩 나아지고 있었다.

수경이 쓰러졌을 때쯤 완연했던 봄 기운이 여름을 지나 어느새 서늘해지고 추위를 동반하기 시작하던 무렵, 새 병원에서 연하검사를 받게 되었다. 몇 번이고 짐을 싸고 병원을 옮겨 정착한 세 번째 재활병원이었다. 그 무렵 병원에선 2~3개월마다 연하검사를 실시했다. 삼킴 정도가 나아지는 걸 의학적으로 확인해야 물이라도 마실 수 있다는 허락이 떨어질 수 있었다. 연하검사가 있을 때면 수경은 어느 때보다 긴장한 얼굴로 얼어버렸다. 검사를 잘 받아야 한다는 부담감에 얼굴 근육은 더욱 수축되고 수경의 표정은 점점 더 일그러졌다.

주치의도 담당 재활치료사도 큰 기대를 가지지 않았지만 그날도 수경은 간절했다. 다시 찾아온 기회마저 잃게 되면 물 한 모금 마시는 일이 또다시 몇 개월 뒤로 기약 없이 밀려나게 될 테니까.

검사실에 들어가자 담당자들은 삼키는 데 무리가 적은 플레인 요구르트를 준비해두고 엑스레이가 잘 보이도록 조영제를 탔다. 수경의 긴장을 조금이라도 덜기 위해 요구르트는 내가 직접 수저로 떠 주기로 했다. 조영제 때문에 요구르트는 더 이상 달콤하지 않은, 마치 페인트를 탄 듯한 쓴맛으로 변질된 탓에 수경은 요구르트가 혀에 닿자마자 인상을 크게 찌푸렸다. 이미 굳게 벌어진 턱이 닫힐 리 없었다. 그 벌어진 입에서 요구르트가 침과 함께 흘러내릴 때까지 시간은 더디게 흘렀다.

몇 번의 시도 끝에 결국 담당 의사의 수신호가 떨어졌고 엑스레이 기계의 전원이 꺼졌다. 그 모습을 지켜보는 나는 참담한 심정으로 수저를 내려놨다. 수경에게 어떤 위로도 하지 못하고 그녀가 앉아 있던 휠체어를 말없이 밀며 검사실을 빠져

나왔다.

휠체어를 타고 나오는 동안 수경은 아직 상황을 파악하지 못한 채 놀란 표정으로, 뒤로 멀어지는 검사실을 향한 시선을 거두지 못했다. 곧이어 검사실 문 밖으로 나오자마자 울분의 통곡이 소리 없이 터져 나왔다. 이미 늦은 금요일 오후, 텅텅 빈 병원 통로 사이로 수경의 외마디 울음소리가 텅 빈 공간을 채웠다.

다음엔 잘할 수 있을 거야. 그 쉬운 한마디를 전할 수 없었다. 수경이 서러움이 복받쳐 눈물을 쏟아내는 동안 우리는 그 공간을 쓸쓸히 빠져나와 병실에 도착했다. 그녀를 누이고 진정할 수 있도록 부드럽게 다독였다. 이렇게 절망 속에서 언제 주어질지 모를 기회만 하염없이 붙잡고 기다릴 수는 없었다. 의사는 절대 안 된다고 사전에 경고했지만, 주사기에 물을 채운 다음 한 방울씩 수경의 입안으로 조심스럽게 떨어트렸다. 그 순간 수경이 울음을 그치고 그녀의 얼굴에 화색이 돌았다. 수경은 온 신경을 집중해 한 방울 한 방울을 목으로 넘겼다. 몇 개월 동안 쌓였던 갈증을 떨치기엔 한없이 부족했지만 처음 맛보는 시원함에 어느새 수경의 입가에 미소가 번졌다.

거울

수경의 머리엔 깊은 흉터 자국이 있다. 오른쪽 이마에서부터 정수리를 가로질러 뒤통수까지 향하는, 길이 20cm 정도의 기다란 수술 흉터. 수술했던 날 처음 본 그 기이한 흔적은 나와 그녀 사이에 삶과 죽음의 간극만큼의 거리를 느끼게 했다. 어느 정도 시간이 지났지만 수술 자국은 사라지지 않았고, 머리카락이 자랐어도 다 가려지지 않았다. 지금은 의식하지 않으면 눈에 들어오지 않지만 절개 부위 근처로 머리카락이 비어 있는 그 깊은 흉터에 적응하기까지, 나는 한참 동안이나 시간이 걸렸다.

처음에는 머리카락이 자라고 나면 가려질 수 있을 거라고 생각했다. 그때까지만 해도 수경이 잠에서 깨듯 기지개를 켜며 자리를 박차고 일어날 거란 기대를 놓지 않았다. 내게 익숙한 그녀의 모습으로 돌아올 거라고. 우리가 다시 예전으로 돌아가리라는 희망을 버리지 못했다. 수경이 의식을 차리고도 손가락 하나 까딱할 수 없다는 것과, 앞으로 말 한마디 내뱉지 못하고 평생 침대 위에 누워 천장만 바라봐야 한다는 현실을 인지하는 데까지는 시간이 필요했다.

반년이 넘는 시간 동안 수경은 한 번도 자신의 모습을 보지 못했다. 병실에 붙어 있는 모든 거울을 치웠기 때문이다. 혹시 복도에 거울이 있는 곳을 지나가야 할 때면 수경이 고개를 돌릴 수 없는 오른쪽으로 방향을 틀고 서둘러 지나갔다. 당연히 수경 앞에서는 휴대폰 셀카 촬영도 금기 사항이었다. 누군가는 그녀의 모습을 찍더라도 어느 누구도 그녀에게 사진을 보여주지 않았다.

정말 수경을 위한 결정이었는지 아니면 나를 위한 결정이었는지 지금도 잘 모르겠지만, 그녀가 자신이 처한 상황을 직시하게 내버려두는 것이 두려웠다. 언젠가는 거쳐야 할 관문이라는 걸 알면서도 이토록 변해버린 자기 모습을 보게 내버려둠으로써 수경에게 충격을 주고 싶지 않았다. 기억 속 건강하고 아름다웠던 흔적은 조금도 찾아보기 힘든, 병든 모습으로 남은 삶을 살아가야 한다는 것을 어느 누가 받아들일 수 있을까.

그런데 언젠가 작업치료에서 고개를 똑바로 가누는 연습을 하던 날, 내가 말릴 새도 없이 담당 치료사가 거울을 꺼냈다. 수경의 삐뚤어진 고개 각도를 교정하기 위해서였다. 수경이 자기 얼굴을 마주한 것은 눈을 뜬 지 6개월 만이었다. 찰나의 순간, 놀람으로 굳은 그녀의 얼굴이 한순간에 일그러지더니 수경은 목청이 터질 듯한 괴성과 함께 눈물을 쏟아냈다.

받아들이기 힘든 현실이었을 것이다. 본인 기억 속의 긴 생머리는 사라지고 환자복을 입은 까까머리의 낯선 사람이 거울 속에서 자신을 노려보고 있었다. 눈동자는 사시가 되어 초점을 잃었고 코에서부터 기다란 호스가 어깨까지 삐져나와 있었다. 어색한 표정과 생기가 느껴지지 않는 얼굴은 제대로 가누지 못해 짧아진 왼쪽 목 근육을 힘겹게 의지하며 간신히 공중에 떠 있을 뿐이었다.

수경을 가장 절망에 빠뜨린 것은 기다랗고 굵게 남아 있던 그 수술 자국이었다. 그 흉터는 그녀에게 더 이상의 미래는 없다는 사실을 확인시켜주는 낙인처럼, 지워지지 않을 깊이로 박혀 있었다. 수경의 얼굴이 분노와 통탄으로 일그러지는 것을 보고 나서야 치료사는 거울을 내렸다.

수경은 항상 갈색으로 염색한 머리를 길게 늘어뜨리고 다녔다. 숱이 적은데 모발이 가늘어진다고 걱정하면서도 염색을 포기하지 않았다. 그녀는 자신의 긴 갈색 머리를 사랑했다. 수경에게 그 머리는 남들보다 자랑할 것이 많지 않은 현실에서 스스로 위축되지 않고 당당할 수 있었던 자신감의 원천이기도 했다. 그러나 이제는 볼 수 없는 과거일 뿐이다. 수경의 청춘은 일찍 저물었고 가장 찬란했던 순간은 오로지 기억 속에서만 만날 수 있다.

거울을 본 이후 수경은 한동안 어두운 표정으로 지냈지만 이내 극복하려고 노력했다. 지금 모습 그 자체로 스스로를 받아들이기로 한 걸까? 늘 본연의 모습 그대로를 인정하려고 했던 그녀다웠다. 그날의 심정에 대해 차마 물어보지 못했지만 수경의 마음에 거울 속 잔상은 오래 남지 않은 것 같았다.

* * *

수경이 다시 거울 앞에 서기까지, 지금의 자기 모습에 익숙해지고 달라진 자신을 온전히 받아들이기까지는 수 개월이 더 걸렸다. 이번에는 수경의 각오도 필요했다.

"수경아, 혹시 마음의 준비는 됐어?"

불안해하던 수경의 눈빛은 이내 확신의 신호로 바뀌었다.

"그럼, 한 가지만 약속해. 너무 놀라지는 않기로. 넌 여전히 그대로인데 아주 조금 달라졌을 뿐이야."

수경이 고개를 들었다. 잠시 방향을 잃었던 눈동자가 거울 속 자신의 눈과 마주쳤다. 일순간 주변의 모든 소음은 사라지고 세상에는 오직 수경과 거울 속에서 그녀를 응시하는 그녀 자신만이 남은 것 같았다. 진실을 마주한 순간에 그녀는 무슨 생각을 했을까? 수경은 한동안 무덤덤하게 자기 자신을 마주 봤다. 그리고 오직 뜻 모를 얇은 미소만을 남겼다. 나는 거울을 내려놓고 그녀의 얼굴을 힘껏 끌어안았다.

기대

　　　　　　　　수경의 오른손 감각이 살아나던
즈음, 손에 힘을 주면 다섯 손가락이 느리지만 차례로 꿈틀거
렸다. 팔을 위로 들어 올릴 수는 없었지만 가까운 곳으로 천천
히 끌어당길 수 있었다. 수경이 손을 다시 움직일 수 있을 것
이란 소식이 전해지자 수경의 오랜 친구인 운영에게서 연락
이 왔다. 해외에서 미술치료를 공부하고 미술치료사로 활동
하다 얼마 전 한국에 들어온 그의 친누나가 수경을 돕고 싶어
한다는 소식이었다. 미술치료가 과연 의식을 회복한 후 충격
과 좌절로 짓눌려 닫혀버린 수경의 마음을 열어줄 열쇠가 될
수 있을까, 의심할 여유는 없었다. 캄캄한 절망 속에서 지푸라

기라도 잡는 심정으로 기회를 부여잡았다.

첫 수업 시간, 수경은 잔뜩 긴장해 있었다. 미술치료 선생님과의 만남은 병원 휴게실에서 이루어졌다.

"안녕하세요? 저는 하리예요."

수경은 어색한 미소로 인사를 대신했다.

"수경 씨 얘기를 운영이에게 많이 들었어요. 그래서 돕고 싶어서 찾아왔어요. 앞으로 수경 씨와 함께 미술치료라는 걸 시작하려고 해요. 잘 부탁드려요."

인사를 끝내고 하리 선생님이 가방에서 꺼낸 것은 다름 아닌 비눗방울 도구였다. 그 물건을 본 수경은 자신이 과연 무얼 할 수 있을까 하는 난처한 얼굴을 했다.

"수경 씨, 이거 한번 불어볼까요? 어렸을 때 많이 해봤죠?"

하리 선생님이 비눗방울 도구를 수경의 입에 갖다 대줬지만 그녀는 도저히 바람을 불 수 없었다. 그저 어색한 표정으로 무기력하게 선생님 얼굴만 쳐다볼 뿐이었다. 선생님은 수경이 입으로 바람을 불 수 없다는 사실을 확인하고서 잠시 골똘히 생각하더니 비눗방울 도구를 수경의 얼굴 아래로 내렸다. 그것이 위치한 곳은 수경이 호흡을 원활히 하기 위해 절개한 목 주변으로, 공기가 드나드는 호흡관 앞이었다.

예상하지 못한 상황에 수경이 소리내 웃자, 갑자기 투명한 방울들이 공중으로 날았다. 저마다 다른 모양의 작은 방울들이 빛을 받아 반짝이며 눈앞으로 지나갔다. 수경은 그 광경을 바라보며 웃음을 멈추지 않았다. 수경이 생명을 불어넣은 비눗방울은 순식간에 병동 휴게실을 가득 메웠다. 웃음이 사라진 삭막한 병원에 어울리지 않는 비눗방울의 출현. 휴식을 취하던 다른 환자들의 무표정한 얼굴에도 즐거움의 기색이 엷게 번졌다. 비눗방울이 진저리 나는 병원을 잠시 황홀한 동화 속 공간으로 옮겨 놓았다.

일곱가지 빛깔을 품은 공기 방울들이 화려하게 날아오르자 수경은 마치 어린 시절로 되돌아간 듯했다. 비눗방울을 잡으려고 뛰어다녔던, 비눗방울을 쫓아가 손으로 터트리기도 했던 그때 그 시절로. 나는 잠시 상상에 잠겼다. 수경이 자신이 만들어낸 이 아름다운 방울들을 따라서 땅을 딛고 일어나 가장 커다란 비눗방울을 두 손으로 감싸 쥐는 상상을.

미술치료는 단지 미술 행위뿐만이 아닌 여러 가지 창의적인 방법으로 수경의 마음에 쳐진 빗장을 하나씩 열어나갔다. 도무지 알 수 없던 수경의 감정 상태를 처음 확인할 수 있었던 것도 바로 미술치료 덕분이었다.

한번은 하리 선생님이 다양한 감정 카드를 펼쳐 놓고 말했다.

"여기에 많은 그림 카드가 있어요. 수경 씨가 지금 느끼는 감정과 가장 비슷한 그림이 담긴 카드 두 장을 골라봐요. 한 장씩 보여줄 테니까 맞는 카드가 나오면 나를 쳐다봐서 알려 줘요."

수경은 오래 걸리지 않아 눈으로 그림을 더듬어가며 두 장의 카드를 골라냈다. 수경이 선택한 카드들을 보며 하리 선생님은 나를 의식한 듯 잠시 말을 잇지 못했다.

"처음 카드는 슬픔이고요. 두 번째는 두려움이네요."

그리고 이어서 또 다른 질문을 했다.

"이번에는 수경 씨가 1년 뒤에 바라는 감정을 두 장 선택해 보는 거예요."

잠시 고민하던 수경은 이윽고 어두운 그림에서 밝은 그림 쪽으로 눈을 돌렸다. 그리고 카드를 선택했다.

"첫 번째 카드는 행복이고, 두 번째는 만족이에요."

나는 카드에 담긴 의미를 듣고 나서 다시 한번 수경이 고른 카드들을 쳐다보았다. 행복과 만족이란 이름의 카드. 지금의 수경의 입에선 결코 나올 수 없을 것 같은 단어들. 하리 선생님은 마지막 질문을 던졌다.

"앞으로 수경 씨가 소망하는 미래의 모습을 하나 선택해 볼까요?"

수경은 보다 신중하게 카드들을 하나씩 찬찬히 눈으로 살피다가 하나의 카드를 지목했다. 평화로워 보이는 정원에 하트 모양의 나무가 있고, 그 나무 아래에 연인이 걸터앉아 서로 끌어안고 있는 그림의 카드였다. 카드를 선택한 수경이 수줍게 웃었다. 이번에는 하리 선생님이 설명해주지 않아도 수경이 어떤 미래를 바라고 있는지 알았다. 그림 속 연인은 우리였다. 나와 수경이 언젠가 지금의 아픔을 딛고 행복을 되찾게 되는 날, 우리는 다시 예전처럼 서로를 안고 사랑을 속삭일 수 있을까? 우리 생이 다하기 전에 그날이 올 수 있다면.

"수경아, 이 그림대로 반드시 이루어질 거야. 나중에 사랑의 나무 아래서 널 꼭 안아줄게."

수경에게 그렇게 이야기하며 진심으로 그런 미래를 기다리겠다고 마음먹었다. 나이가 들어서도 우리가 서로 사랑한다면 우리 인생에 정말 그런 순간이 찾아올지도 모른다. 나는 카드의 아름다운 장면을 마음 깊이 새겨두었다. 수경이 회복에서 멀어지고 먼저 떠난다고 해도 내 삶의 마지막 순간에 이 그림을 떠올리고 추억할 수 있기를.

미술치료가 시작되고 두 달 정도 지났을 무렵, 그림을 직접 그려보고 글자를 쓰는 수업으로 넘어갔지만 더 이상은 진도를 나갈 수 없었다. 점점 퇴행하는 근육의 흐름을 거스르지 못했다. 수경의 손은 그대로 굳어버렸고, 수경은 더는 그림을 그리지도, 이름을 쓰지도 못하게 되었다. 그 이후 병원에서는 더이상 비눗방울을 볼 수 없었다.

2부

만남

　수경은 여행가였다.

　그녀는 전 세계 40개국을 누비며 생애 가장 빛나는 순간을
사막과 극지대, 배낭 여행자들의 활기로 가득 찬 거리 위에서
보냈다. 그녀의 여행은 일상의 휴식을 가장한 일탈이 아니었
다. 신비롭고 이국적인 경치를 찾아 떠난 모험과도 거리가 멀
었다. 오히려 자신의 모든 삶을 걸고 중요한 무언가를 반드시
증명해내겠다는 사투에 가까웠다. 수경은 여행이 아닌 다른
삶은 상상할 수 없다는 듯, 험한 절벽 오르기에 도전하는 위태
로운 심정으로 거리 위에서 5년에 가까운 시간을 보냈다.

　수경을 만난 것은 내가 한국국제협력단 소속으로 스리랑

카에 파견돼 대체복무 활동을 하고 있을 때로, 2년이 넘는 체류 기간 중 8개월이 지나고 두 번째 학기가 막 시작할 즈음이었다. 남아시아 최대 보석 생산지로도 유명한 라트나푸라에 머물며 그 지역을 대표하는 라트나푸라 기술대학에서 교사로서 학생들에게 전자 과목을 가르쳤다. 한국어를 배우기 원하는 학생들을 상대로 방과 후 수업도 꾸준히 진행했지만, 그때는 K-컬처 열풍이 지금만큼 강하지 않은 시절이라 한국어 수업은 전공 수업과 달리 여간 진도가 나가지 않아 애를 먹기도 했다. 학교의 모든 수업을 현지어인 싱할라어로 진행하느라 신경을 곤두세워야 했고, 습하고 더운 기후에 매일 땀범벅이 되어 퇴근하고 집에 돌아오곤 했다. 잦은 정전에도 익숙하게 손전등을 들고 다음 날 수업 준비를 하던 무렵이었다.

사실 모든 것에 지쳐가고 있었다. 낯선 환경에서 새로운 언어와 음식, 기후 조건에 적응하기 위해 고군분투해야 했다. 이질적인 문화 속으로 깊게 들어갈수록 현지인과의 갈등은 불가피했고, 언어적인 한계에 부딪히기를 반복했다. 뜻하지 않은 좌절과 실패를 겪으며 처음 스리랑카에 도착해 품었던 각오와 기대들은 점점 색이 바래갔다. 그런 때에 수경이 내 앞에 예고 없이 나타난 것이다.

사실 수경은 나와 같은 대학 동아리 선배였는데, 5년이라는 학번 차가 있어서 내가 학교에 다닐 때는 한 번도 마주친 적이 없었다. 하지만 세계 여행을 하고 있다는 그녀의 이름은 주변 다른 선배들로부터 종종 들었던 익숙한 이름이었기에 SNS에서 스리랑카에 도착했다는 수경의 소식을 접했을 때 나는 망설이지 않고 메시지를 보냈다.

　― 안녕하세요. 저는 스리랑카에서 지내고 있는 후배 이진휘 라고 해요. 스리랑카를 여행하고 있다는 소식을 들었어요.
　― 아, 반가워요. 저는 지금 캔디에 와 있는데 일이 생겨 급히 다른 곳으로 이동하려던 차예요. 실례지만 혹시 후배님이 계 신 곳은 어디예요?

짧은 대화를 주고받고 이틀 뒤, 뙤약볕 더위로 달궈진 한낮 의 버스 터미널 인파 사이에서 수경을 발견했다. 자신의 몸집 보다 큰 배낭을 짊어지고 근심에 찬 얼굴로 서 있던 그녀는 동 남아 여행에서부터 누적된, 햇볕에 새까맣게 탄 피부로 조금 의 이질감도 없이 현지인 사이에 녹아들어 있었다. 사람들 속 에서 주위를 두리번거리며 서 있던 수경의 모습이 지금도 아 른거린다. 나는 그녀에게 다가가 인사를 건넸다.

"먼 길 오느라 고생 많았죠? 제대로 인사드릴게요. 이진휘

라고 합니다."

"허수경이라고 해요."

짧은 인사와 어색한 악수. 그것이 우리의 첫 만남이었다.

그녀는 우연히 사로잡힌 강력한 호기심에 이끌려 스리랑카를 19번째 여행지로 선택했다고 했다. 스리랑카가 인도양의 섬나라란 사실 외에는 이 나라에 대한 어떤 사전 정보도 없이 이곳에 왔다고, 좋을지 아닐지 반신반의했지만 스리랑카행 티켓을 손에 쥐고 무작정 행동으로 옮긴 이후에야 확신이 들었다면서. 인도양의 눈물 한 점. 하늘에서 직접 내려다본 이나라의 첫인상은 자신을 충분히 매혹하게 할 만한 모습이었다고 했다.

"비행기를 타고 내려다본 스리랑카의 모습은 온통 총천연색 풍경이었어. 이제껏 많은 나라를 여행했지만 그렇게 녹색으로 가득한 나라는 처음이었거든."

물론 여행은 첫인상과 달리 처음부터 순탄치 않았다. 수경이 스리랑카의 옛 수도 캔디에 도착해 목적지 없이 헤매고 있을 때, 한국에 체류한 적이 있다던 한 현지인이 다가와 그녀를 자신의 집으로 초대했다. 처음 만난 현지인의 집에 발을 들이는 일이 위험할 수 있다는 것을 알고 있었지만 타지에서 들려온 한국어가 반가워 쉽게 마음을 열었다.

그를 따라 캔디 외곽으로 깊숙이 들어가자 풍경이 바뀌고 곧 무슬림들이 모여 사는 한 마을에 다다랐다. 그의 대가족으로부터 환대를 받고 그들이 내어준 방 한편에 누웠을 때 그녀는 안도감을 느꼈다. 하지만 그것도 잠시, 그 현지인이 갑자기 그녀의 방에 들어와 다짜고짜 결혼을 요구하며 집 밖으로 나가지 못하게 막았고 수경은 이루 말할 수 없는 공포감에 휩싸였다. 이튿날 그곳에서 도망치기 위해 기회를 엿보던 중 그녀에게 메시지 하나가 도착했다. 위기의 순간 붙잡은 구원의 손길이 바로 나였다. 그렇게 미처 짐도 다 챙기지 못하고 탈출하다시피 달아난 그녀의 다음 목적지가 결정된 것이다. 처음 터미널에서 근심스러운 얼굴을 했던 이유가 이것이었다.

터미널에서 집까지 향하는 툭툭에서의 30분, 우리는 수경의 위험천만했던 그 일과, 여행, 대학 시절에 대해 이런저런 대화를 주고받으며 우릴 감싸고 있던 어색한 공기를 털어내려고 애썼다.

그녀와 함께 내가 지내는 집에 도착했을 때, 집주인의 개 조니가 마치 마중이라도 나온 듯 신이 나 빙글빙글 마당을 돌아다녔다. 집 문을 열고 들어서자 조니는 익숙한 듯 거실 소파로 달려가 그 아래에 자리를 잡고 엎드리고는 낮잠 잘 태세를 취했다. 그 집은 자연친화적인 관점에서 내가 거주했던 어떤 집보다 특별했다. 마당으로 왕도마뱀과 몽구스가 지나다니고, 저 멀리 숲에서는 야생 공작이 위엄 있는 자태로 걸어다니는 곳. 신년에 찾아온다고 여기는 노랑빛깔 새가 매일 아침 찾아와 창문을 두드리는 곳. 가끔 쥐와 뱀, 박쥐가 노크도 없이 방을 드나드는 자연 사파리 체험의 공간.

혼자 살기에 집 크기는 넉넉했다. 나는 집의 방 한 칸을 그녀에게 내어주고 저녁 식사로 부대찌개를 직접 만들어 식탁 위에 올렸다. (훗날 수경은 그날을 회상하며 부대찌개 맛은 절대 아니었다며 끝까지 부정하기도 했지만.) 만찬에 빠질 수 없는 맥주를 꺼내고 서랍 속에 잠들어 있던 양초에 불을 켜고 조촐한 환영식을 열었다. 앞으로의 일을 조금도 예상하지 못한, 평범한 듯 평범하지 않은 첫날이 그렇게 저물었다.

설렘

다음 날, 라트나푸라까지 찾아와준 그녀에게 주변 지역을 소개해준 이후, 나는 오전에 학교에서 수업을 하고 오후에 돌아와서 수경과 함께 마을과 인근 지역을 둘러보며 시간을 보냈다. 그녀와의 만남은 집 인근 100km 반경에 한국인은커녕 외국인 한 명 없는 타지 생활에 지쳐 있던 내게 사막에서 오아시스를 만난 것과 같은 사건이었다.

그렇게 이곳저곳을 돌며 수경과 많은 이야기를 나눴는데, 그중에서도 그녀의 여행 이야기가 인상적이었다. 값비싼 루비, 사파이어, 캣츠아이 같은 보석이 나오는 지역의 명물 광산을 둘러보고 나오는 길, 그늘 아래 자리를 잡았을 때 우리 눈 앞에는 온통 노랗게 익은 벼로 가득한 논밭이 펼쳐졌다.

수경의 여행은 무모하고 불안정했다. 당장 늦은 밤 누워 쉴 곳 하나 마련되지 않아 정처 없이 거리를 헤맸고, 바닥난 주머니로는 내일에 대한 염려를 사는 것조차 사치였다고 했다. 태평양 바다 8000km 거리를 건너 새로운 여행지에 도착했지만 수중에 단 돈 만 원이 없어 공항 타일 바닥에 누워 노숙을 하는가 하면, 풍토병으로 온몸이 부어올라 긴급히 병원에 입원해야 할 때도 있었다. 가끔은 세상의 온갖 경이로움을 맛보기도 했지만 인생의 무게만큼 커다란 배낭을 짊어지고 벌레가 들끓는 게스트 하우스를 전전하다 보면, 한 번 잡은 숙소에서 10일 이상 틀어박혀 문 밖으로 나오지 않은 적도 있다고 했다. 그래도 수경은 여행을 중단하지 않았다.

그녀에게 그 시간은 낯선 여행지에서 발을 붙이며 살아내기 위한 처절한 의식 같았다. 매일 모르는 사람들, 처음 보는 낯선 풍경 속에서 알아듣지 못하는 언어의 속삭임과 자신을 구경거리 정도로 쳐다보는 시선들 사이에서 자신에게 주어진 시간을 묵묵히 버텼다. 나는 수경의 여행을 완전하게 이해할 순 없었지만 그 시간이 그녀 인생에 가장 중요한 시간이었다는 것은 분명히 느낄 수 있었다. 그 여행이 지독하게 외로웠지만 자기 자신을 발견하기 위한 목숨 건 투쟁이었다는 것을 이제는 알고 있다.

세계 여행을 동경하던 내게 그녀의 여행 이야기는 무모했지만 특별하게 다가왔다. 나는 도전의 순간이 찾아올 때마다 머릿속으로 고민만 하고 경우의 수를 따지다가 행동으로 옮기지 못하고 묻어버리기 일쑤인데 수경은 달라 보였다. 수경이 지나온 여행 이야기만으로도 그녀에게 앞으로 어떤 일이 펼쳐질지 전혀 예상되지 않았다. 그녀가 가는 길이 흥미로웠고, 내가 그 특별한 여행의 한순간을 장식하게 되었다는 생각에 설렜다. 길지 않은 시간이겠지만 이곳에서 나와 함께 보내는 날들이 그녀에게 의미 있는 시간으로 남길 바랐다.

수경의 여행 이야기가 끝났을 때 눈앞에 펼쳐진 논밭은 어느새 붉게 물들고 있었다. 대화의 주제는 자연스레 내 이야기로 흘러갔다. 길지 않은 시간이었지만 인생에도 사랑에도 늘 주저했던 지난 날의 부끄러운 기억들을 조심스레 그녀 앞에 풀어냈다.

내 이야기가 끝나자 잠잠히 듣고 있던 그녀가 입을 열었다.

"인생에서 한 번은 나중의 후회를 생각하지 않고 마음 향하는 대로, 뜨거운 선택을 해봐도 괜찮지 않을까?"

수경의 그 한마디가 나중에 내게 어떤 의미로 돌아올지 그때는 미처 알지 못했다. 어둠이 서서히 내려앉자 서로 다 꺼내지 못한 이야기에 대한 아쉬움을 뒤로 한 채 서둘러 집으로 이동했다. 그녀와 함께 본 풍경이 늘어날수록 우리의 대화도 깊어졌다.

해질 무렵 노을이 내린 시장을 배경으로 한 수천 마리 참새 떼로 가득한 광장과 수경이 특히 좋아했던 쌀가루에 계란을 넣어 만든 오목한 전병 간식 '호퍼', 라트나푸라 유일의 흔들다리를 건너며 처음 나눈 친밀한 대화. 그곳에서 수경과 함께한 시간들은 지금까지도 내 기억 속에 고스란히 남아 있다.

흉터

수경을 만난 지 4일째 되던 날, 우리는 2243m 높이의 스리랑카 제1의 성지, 스리파다에 올랐다. 끝이 보이지 않는 산길을 오른 지 7시간, 숨이 덜컥 차오르던 새벽 공기. 어느새 어둠은 짙어지고 우리는 가쁜 호흡을 몰아쉬며 아찔한 나무 계단 바닥에 털썩 주저앉았다. 고요한 세상, 바람에 흔들리는 나뭇잎 소리.

그 신비로운 산은 인류 최초의 인간, 아담이 발자국을 남겼다고 해서 '아담스 피크(Adam's Peak)'라는 이름으로 불리지만, 산 정상에 있는 신비한 발자국을 접하는 이의 종교에 따라 그 주인공은 싯다르타가 되기도, 힌두교의 파괴신 시바가 되기도, 인도에 그리스도교를 처음 전파한 성 토마스가 되기도 한다. 그러나 우리는 그날 그 커다란 발자국의 주인공이 누구였는지 조금도 관심이 없었다. 우리의 관심은 오로지 하늘을 향해 있었다.

하늘을 빼곡히 수놓은 별들은 그 무엇에도 다 담을 수 없는 신비로 수경과 내 마음을 벅차오르게 했다. 안간힘을 쓰며 살기 위해 애쓰던 지난날의 고민이 한낱 보잘것없음을, 우주의 거대한 시계 바늘 아래에서 인간이 쌓아온 흔적은 부질없음을 느끼게도 했다. 우리는 대자연의 섭리 앞에서 숙연해졌다. 이제는 저 멀리 흐릿해진 문명의 불빛이 안갯속으로 자취를 감추며 사라질 즈음, 수경은 적막을 깨고 나지막이 내게 말을 건넸다.

"있잖아, 나에겐 비밀이 하나 있어. 아무에게도 알려주지 않은 비밀."

"비밀? 뭔데?"

"그 비밀을 너에게 알려주면 우린 이전으로 돌아갈 수 없을지도 몰라."

그리고 이어지던 특유의 나긋한 웃음소리. 그 뒤에 수경은 의미를 알 수 없는 표정을 지었다.

"나에겐 흉터가 하나 있어."

그렇게 말하고 잠시 주저하던 수경이 결심한 듯 옷섶 단추 두어 개를 천천히 풀었다. 잠시 후 그녀의 가슴께 중앙에 자리한 흉터의 일부분이 눈에 들어왔다. 달빛 아래 드러난 피부는 마치 화상이 지나간 흔적처럼 오래된 상처 얼룩으로 가득했다. 나는 아무것도 묻지 않았다. 그저 수경이 자기 이야기를 이어갈 수 있도록 가만히 기다렸다. 신비로운 산과 짙은 어둠이, 별빛이 그녀 마음속 닫힌 문을 두드린 것 같았다. 작은 바람이 우리 사이를 스쳐지나갔다.

* * *

어린 시절에 수경은 알 수 없는 피부병에 시달렸다고 했다. 아토피라는 것이 흔하지 않았던 때, 피부에 생기는 지독한 고름을 낫게 하기 위해 수경의 부모님은 그녀를 데리고 동네 의원을 전전했지만 까닭 모를 이 질병은 피부를 침투해 끊임없이 짓무르고 곪게 했다. 찾아간 병원의 의사마다 이유를 알 수 없다고 고개를 절레절레 흔드는 동안 그녀는 아토피로 온 전신이 따끔거리고 간지러워 학교도 제대로 다닐 수 없는 처지가 되었다.

가려운 부위를 긁지 않고서는 베길 수 없었다. 막상 긁고 나면 쓰라린 통증 때문에 배로 고통을 감수해야 했다. 긁고 상처가 나고 아물기를 반복하다 보니 제자리에 있어야 할 눈썹은 사라졌고 목과 팔의 피부는 거북이 등딱지처럼 흉측하게 갈라졌다. 그 사이로 피와 고름, 진물이 쉬지 않고 흘러나왔다. 그러는 사이 귀와 손발톱은 금방이라도 뜯겨 나갈 것처럼 간신히 몸에 붙어만 있었다. 결국 대부분의 시간을 집 안에서만 보내야 했다. 마음 놓고 햇볕 한 번, 바람 한 번 쐴 수 없어서 늘 창문 밖을 바라보기만 했다. 동네를 자유로이 활보하는 사람들, 마음껏 뛰어노는 또래 친구들을 멀찌감치 바라보며 자신이 누리지 못한 자유를 향한 갈망을 마음속에 감춰두었다.

병을 낫게 하기 위해 의학적 지식을 총동원했지만 아무런 결실이 없자, 그녀는 가족을 따라 한 기도원 시설에 입원했다. 마지막 수단으로 종교의 힘에 기댔던 것이다. 90년대 초, 국내에는 대형교회가 우후죽순 늘어났고, 신의 이름을 팔며 기도원, 부흥회 같은 것이 왕성하던 시절이었다. 질병 치료에 능력이 있다고 알려진 이들을 중심으로 치료 목적의 기도원이며 단체 같은 것이 이곳저곳에 생겨났다. 수경이 입소한 그 기도원도 각종 질병을 가진 환자들 사이에서 암암리에 알려진 곳이었고, 수경의 가족 중 하나가 그곳에서 효험을 경험했다고 했다. 병원에서 명확한 답을 구하지 못한 채 고통 속에 있던 사람들에게 그 한 번의 확실한 사례는 믿음의 근거가 되기에 충분했다.

기도원에는 백혈병, 심장질환, 뇌종양, 뇌성마비, 거동이 불편한 온갖 질병을 가진 사람들이 모였다. 그중에는 수경 또래의 아이들도 많았다. 그러나 함께 뛰어놀던 친구의 자리는 어느새 다른 아이의 자리로 바뀌었다. 그곳에서 삶은 단지 죽음의 유예일 뿐, 매일 무작위로 생사의 갈림길이 나뉘었다. 어린 아이가 혼자 감당하기에는 버거운 시간이었을 것이다. 그곳에선 다들 수경을 보고 벙어리 환자인 줄 알았다고 했다. 엄마 없이 견뎌야 했던 시간, 그녀는 입을 꾹 다문 채 아무 말도 하지 않고 지냈다.

하지만 그녀가 무엇보다 괴로웠던 것은 일주일에 한 번씩 반복되는 치료 시간이었다. 그날이 되면 기도원에 입소한 수많은 사람이 모여 열광적으로 예배를 드렸고, 그 시간이 찾아오면 기도원장의 지목을 받은 사람이 단상 위로 불려 올라와 원장이 행하는 시술을 받아야 했다. 모두의 암묵 하에 원장은 손톱으로 환자 가슴의 생살을 긁어 상처를 내고 살점이 떨어져 나가게 했다. 신의 이름으로 자행된 만행이었다. 5년에 걸친 시간이 지나고 빈손으로 기도원을 떠날 때까지 수경의 피부병은 낫지 않았고 그녀의 가슴에는 평생 지워지지 않을 흉터만 남았다.

이미 한번 다른 경험이 각인된 아이는 평범한 생활로 돌아가기에 한없이 서투르다. 어린 나이에 원인조차 알 수 없는 병으로 의료 시스템 밖으로 밀려났고, 비이성적인 시설에서 각종 병과 아픔, 삶과 죽음을 가까이에서 지켜보아야 했으며, 치료라고 할 수 없는 시술로 몸과 마음에 상처가 새겨졌다. 기도원에서 나와 학교로 돌아와서도 수경은 마음 놓고 운동장에서 뛰어보지 못했다. 체육 시간이면 친구들이 뛰어노는 모습을 교실에서 멀찌감치 바라봐야만 했다. 대학생이 될 때까지 수경의 현실적인 가장 큰 고민은 오직 햇볕을 피하는 것이었다.

그런데 대학생이 되었을 때 예상 밖의 일이 벌어졌다. 어느 순간 원래부터 아무렇지 않았다는 듯이 햇볕 아래 나와 있어도 피부가 짓무르지 않았다. 피부가 가렵고 곪는 일은 말끔히 사라졌다. 수경으로서는 처음 느껴보는 따뜻한 감각. 이전까지는 그늘 속에 숨어 있어야 했지만 더 이상 볕을 두려워하지 않아도 되었다. 햇볕의 따사로움에 몸을 맡긴 채 수경은 과거에는 결코 넘보지 못했던 새로운 꿈을 꾸었다.

저 넓은 세상엔 무엇이 있을까.

그렇게 방 안에 갇혀 지내던 소녀는 비로소 어른이 되었다.

그러나 졸업을 앞둔 시기였다. 대부분 그렇듯 수경도 졸업하면 취업하는 것을 당연한 수순으로 떠올렸기에 지금이 아니면 떠날 수 있는 기회가 다시는 찾아오지 않을지 모른다는 두려움이 엄습했다. 수경은 호기심을 따르는 대가로 대학의 마지막 학기를 포기했다. 자퇴서를 제출했고, 돌려받은 등록금으로 러시아 이르쿠츠크 행 편도 티켓과 카메라 한 대를 손에 쥐었다. 전 세계를 누비겠다는 모험이 그렇게 시작된 것이다. 여행이 수경에게 전혀 다른 의미일 수밖에 없는 이유이기도 했다.

가끔씩 수경은 세상살이가 온통 뒤죽박죽 이해할 수 없는 것투성이라고 했다. 원인 모를 병에서 이유 없이 해방되었고, 병은 나았으나 기도원에서의 일로 매독균에 감염됐다는 사실을 뒤늦게 알았고, 가슴에 남은 흉터를 볼 때마다 과거의 흔적으로부터 달아날 수 없었다고 했다. 여행자로 살아가면서도 가슴의 흉터가 계속해서 그녀를 과거에 붙잡아두었다. 그녀에게 삶은 여전히 수수께끼였다.

가슴의 지워지지 않는 흉터를 볼 때마다 수경은 자신이 어떻게 살아왔는지 앞으로 어떻게 살아가야 할지를 떠올렸을 것이다. 그 안에 어린 시절 고통스러웠던 기억과 자유를 향한 갈망이 나란히 숨어 있었다. 흥 진 상처 자국에서 흘러나오는 과거의 악몽과 아직도 포기를 모르는 가슴 벅찬 꿈은 뫼비우스의 띠처럼 얽히고 설켰다.

수경의 긴 이야기가 끝났을 즈음, 안개가 걷히고 하늘 문이 열렸다. 덤덤히 털어놓은 수경의 이야기에 나는 아무 말도 하지 못했다. 그녀는 대체 어떤 사람이길래 내게 비밀스러운 기억을 털어놓은 걸까. 나는 애써 아닌 척 그녀를 힐끔 쳐다보았다. 잠시 혼자 생각에 잠긴 그녀는 알 수 없는 표정을 짓고 있었다. 후련한 것인지 애틋한 것인지 의미를 알 수 없는 모호한 얼굴 안에는 표현하지 못한 많은 감정이 담겨 있었다. 눈동자에는 다 풀어내지 못한 여운을 남긴 채 미소 짓던 입을 꾹 다물었다.

시야를 가리던 거친 나무들과 태곳적부터 자리 잡은 산의 그림자가 사라지자 새벽 하늘의 진짜 모습을 보았다. 쏟아져 내릴 듯 하늘에 촘촘히 박힌 별들이 모습을 드러냈다. 생애 한 번도 경험하지 못한 찬란한 별들의 세상이 우리를 전혀 다른 세계로 인도하는 것 같았다. 지나간 상처와 고통의 시간은 잠시 뇌리에서 사라지고 가슴 벅차도록 광활한 우주의 신비만이 그 순간 우리가 가진 세상의 전부였다.

아무런 말없이 가만히 하늘을 올려다보던 수경이 이윽고 입을 열었다.

"우리가 이런 순간을 다시 마주할 수 있을까?"

수경의 말이 내게 의미로 전달되기까지 단 3초, 나는 순간 멈춰버렸다.

"그럼, 물론이지."

짧은 대답과 어색한 웃음 말고는 다른 어떤 말도 꺼내지 못했다. 그저 마음속으로 몇 번이고 이 말을 되뇌기만 했다.

'이 순간이 영원히 계속되기를……'

수경

     마치 꿈을 꾸듯 우주를 수놓은 별빛 아래에서 수경과 나란히 서서 나눴던 긴 대화는 조금도 어색하지 않았다. 알게 된 지 고작 나흘밖에 되지 않은 사이라는 것이 믿어지지 않을 만큼 수경이 가깝게 느껴졌다. 그녀 또한 나와 다르지 않다고 느꼈다. 그녀와 이런 특별한 경험을 공유해도 되는 걸까? 우리는 다시 무거운 몸을 이끌고 말없이 스리파다 정상을 향했다. 2시간 남짓한 침묵이 조금도 불편하지 않았다.

    정상에 이르렀을 때, 장엄한 태양이 떠올랐다. 어둠을 가르는 붉은 기운이 온 세상이 지닌 고유의 색을 되돌려주었다. 매일 일상에서 보던 것과 같은 해라는 걸 알면서도 어째서인지 입을 다물지 못했다. 우리를 둘러싼 많은 순례자들이 두 손을 모아 합장하며 기도를 올렸다. 우리도 그 경이로운 광경에 함께 녹아들었다. 하늘로 솟아오르던 태양이 잠시 구름 속에 모습을 감췄다가 구름을 뚫고 다시 나타났다. 타오르는 태양 아래 빛나던 그녀의 뒷모습. 고요하고 선선한 새벽 바람에 가볍게 머리를 쓸어 넘기던 그 손짓. 강렬하고 우아한 떨림.

꿈 같은 순간이 지나가고 흥분이 가라앉자 저항할 수 없는 피로가 몰려왔다. 9시간 넘는 시간 동안 어두컴컴한 산속에서 넘어지지 않기 위해 온 신경을 집중해 땅의 윤곽만 살피며 산을 올랐으니 그럴 만도 했다. 당장이라도 쓰러질 듯 피곤한 몸을 이끌고 한 걸음 한 걸음 내디디며 내려가는 길은 지옥의 행군이 따로 없었다. 서로의 말소리는 현저히 줄어들고 거친 숨소리만 높아졌다. 끝없이 펼쳐진 계단을 따라 정상에서 바닥으로 내려가는 동안, 차가웠던 공기의 온도는 반대로 오르고 있었다.

버스 정류장이 있는 마을로 내려왔을 때쯤엔 열대지방의 더위가 다시 우리를 덮쳤고, 흘러내리는 땀과 기름진 머리, 초췌한 얼굴 빛에 수경은 안쓰러운 몰골로 변해 있었다. 물론 나도 마찬가지였다. 우리는 서로의 지친 행색을 놀리며 그 기운을 동력 삼아 한걸음 더 내디뎠다. 정류장에 도착해 집으로 가는 버스에 몸을 싣자마자 우리 둘 모두 곯아떨어졌다.

출발한 지 2시간 가까이 지났을 즈음 잠에서 깼다. 고개를 돌려 보니 수경의 머리에 꽂힌 핀이 부러져 있었다. 졸면서 버스 창문에 머리를 사정없이 박은 탓에 애꿎은 머리핀만 두 동강나버린 것이다. 잠에서 덜 깬 수경은 쑥스러운 듯 말을 건넸다.

"나 평상시에는 이러지 않아. 진짜야, 믿어줘."

그 말이 끝나기 무섭게 또다시 들리는 쿵쿵 소리. 수경이 곧 다시 잠에 쓰러져 하늘을 향해 입을 벌린 채 부서진 머리핀을 또다시 창문에 박고 있었다. 나는 그 모습을 흐뭇하게 쳐다보다 다시 잠에 빠져들었다. 그렇게 한참을 자다 깨기를 반복하다 내려야 할 장소를 놓쳤다는 사실을 깨달았다. 덕분에 집까지 2시간은 더 돌아가게 됐지만 오히려 그녀 옆자리에 앉아 대화하는 시간이 늘어난 것이 다행이라고 생각했다.

* * *

그 이후로도 수경의 비밀 이야기는 한동안 내 마음을 사로잡았다. 무모한 그녀의 여정이 처음으로 이해되는 듯했다. 불과 며칠 사이 그녀가 삶을 대하는 방식이 내게 전혀 다른 의미로 다가오기 시작했다. 그녀는 직접 몸으로 한계에 부딪쳐가며 자신을 둘러싼 경계를 허물어나갔다. 나를 포함해 안정적인 선택을 내리는 주변 사람들과는 전혀 다른 부류의 사람. 그녀는 내 생애 처음으로 도전 의식을 심어줬다. 다른 사람의 눈에는 위태로워 보일지 몰라도 나는 그녀의 여행이 멈추지 않고 언제까지나 계속되기를 바랐다. 만난 지 며칠 되지 않은 사이에 그녀의 여정을 응원하는 나 자신에 흠칫 놀랐다. 그 여행의 현장을 옆에서 직접 지켜보고 싶다는 생각도 했지만, 그 생각은 마음속에 감춰두었다.

다음 날, 여전히 피로에서 회복하지 못한 수경과 나는 둘 다 집 밖으로 나갈 엄두조차 내지 못하고 각자만의 시간을 보내기로 했다. 혼자 거실에서 새 학기 수업 준비를 하고 있는데 빗소리가 들리기 시작하더니, 순간 천둥이 치며 전기가 나갔다. 내게는 익숙한 일이지만 그녀에게도 익숙할 리 없었다. 수경의 방에서 목소리가 들렸다.

"아, 또 정전이야?"

방문을 열고 거실로 나온 수경이 내게 말을 건넸다.

"너 정전되면 주로 뭐하고 지내?"

예상 못한 질문에 나는 당황하듯 얼버무렸다.

"난 이게 일상이니까 그냥 전기가 돌아오길 기다리든지 하지 뭐."

잠시 팔짱을 끼고 생각에 잠긴 수경이 입을 뗐다.

"너 글 쓰는 거 좋아해? 서로 한 시간 동안 시를 써서 못 쓴 사람이 저녁 내기, 어때?"

그렇게 얼떨결에 '비'를 주제로 한 작문 대회가 열렸다. 스리랑카 오지에서 시 쓰기 대회라니. 누군가에게 보여주는 글을 써본 지가 언제였지? 어릴 적엔 학교에서 동시를 쓰고 상을 타기도 했지만 고등학교에서 이과로 진학한 뒤에는 제대로 된 시집을 읽은 기억조차 가물거리는데. 분명 수경은 자신 있는 말투였다. 난 괜한 오기가 생겨 지지 않으리란 각오로 시 쓰기에 임했지만, 한 시간 뒤의 결과는 예상한 대로 나의 참패. 고작 비를 맞아 추락하는 나비를 떠올리고, 그 이미지를 활자로 옮겨 운율을 맞추는 데 급급했던 나와는 달리 수경은 그 짧은 시간에 밀도 있는 산문시를 써냈다. 비를 바라는 농부의 마음처럼, 인생의 기로에서 한줄기 촉촉한 빗방울을 기다리는 자신의 마음을 담아서. 기록해두고 싶은 시였는데 수경이 승리를 확인하자마자 노트를 가져가는 바람에 남겨두지 못했다.

어차피 시작부터 승패가 정해진 대결이었다. 내가 졌다는 사실도 그리 마음 상하지 않았다. 그저 빛이 들어오지 않아 조금은 어둑한 거실, 불규칙한 리듬으로 떨어지던 빗소리와 열기가 누그러진 공기, 눈앞에서 머릿속의 생각을 글로 풀어내는 데 골몰하던 수경의 모습이 잔상으로 남아 있을 뿐.

수경은 곧 다시 여행자의 신분으로 돌아가 1500년 전에 세워진 화강암 요새 유적지, 시기리야를 찾아 북쪽으로 떠났다. 나 역시 원래의 일상대로 학교로 돌아가 라트나푸라 기술대학 교사로서의 첫 학기를 무사히 마쳤다. 곧 졸업할 학생들을 대상으로 한 마지막 수업과 새로 입학할 학생들을 위한 교과목 준비로 바쁜 시기였다. 하지만 수경이 시기리야 일대를 여행하고 돌아오는 길, 중간 마을에서 합류해 잠시나마 그녀의 가이드가 되어주기로 했다.

그렇게 잠시 떨어져 지낸 며칠, 수경이 없는 일상에 허전함을 느꼈다. 불과 얼마 전만 해도 서로 모르는 사이였고 함께 보낸 시간이 길지 않았는데 수경의 존재가 어느새 내게, 내 일상에 깊숙이 들어와 있었다. 그녀를 곧 다시 볼 생각에 왠지 모를 묘한 두근거림을 느꼈다.

* * *

다시 만나기로 약속한 날, 낯선 도시 구시가지 중심부에서 수경이 머무는 숙소를 찾아 골목골목을 한참 헤맸다. 때마침 스콜성 소나기가 퍼부어 시야까지 차단됐다. 같은 곳을 뱅글 뱅글 돌다 약속 시간인 오후 3시를 넘겨 만날 장소에 닿았다. 급한 마음에 우산을 접으며 호텔 로비 안으로 뛰어 들어섰을 때, 저 멀리 원형 테이블에 혼자 앉아 있는 익숙한 얼굴이 보였다.

어색한 재회를 어떻게 자연스럽게 넘어갈지 고민하던 그 순간, 지루한 표정으로 빨대를 물고 탄산음료를 마시던 수경과 눈이 마주쳤다. 수경은 갑자기 사레 들려 기침을 해댔는데, 기침이 멎지 않아서 계속 콜록거리다 미안하다는 말과 함께 급히 화장실로 튀어 나갔다. 한참이 지나 돌아온 그녀가 멋쩍게 말했다.

"미안, 나 탄산 먹다 체한 것 같아."

기다렸던 저녁 식사 기회는 결국 다음으로 미뤄야 했다. 하지만 수경도 나를 기다리며 긴장하고 있었다는 사실을 알게 되었으니 손해볼 건 없었다. 예상했던 것과는 전혀 다른 전개였지만 그녀의 그런 허술한 매력도 이상하게 마음에 들었다.

그날 밤, 호텔 숙소 발코니에 앉아 맥주와 함께 우리만의 조촐한 파티를 열었다. 그러나 또다시 찾아온 정전의 시간. 예상 못한 강제 소등으로 인해 아무것도 보이지 않았다. 숙소 밖 주변 가로등 불빛마저 꺼지자 우리는 완전한 어둠에 사로잡혔다. 사물의 형체조차 가늠할 수 없는 깊은 밤, 맥주잔을 더듬어가며 건배를 올리자 잔끼리 부딪히는 소리가 크게 울렸다.

가까이에서 그녀의 웃음소리가 들렸다. 내 앞에 있지만 어둠에 가려 실루엣조차 보이지 않던 그녀의 흔적. 그래서 더욱 대화에 집중했던 밤. 서로의 얼굴조차 보이지 않는 그곳에서 우리는 오직 목소리에 의존해 맥주잔을 기울였다. 그날 나눴던 대화 내용은 기억에 세세하게 남아 있지 않지만, 온통 캄캄한 세상에서 그녀의 이야기만 반짝이던 기묘한 밤이었다.

이튿날 저녁, 고산 도시 누와라엘리야의 한 호텔에서 식사를 마치고 나온 수경이 홀 중앙에 놓인 피아노로 천천히 걸어갔다.

"피아노 연주할 줄 알아?"

내가 수경에게 묻자 그녀는 대답 대신 희미하게 웃고는 피아노 앞에 앉아 건반 위에 조심스럽게 손을 올렸다. 이윽고 그녀의 손끝에서 아름다운 선율이 흘러나오자 그 공간을 채우던 소음이 잦아들었다. 연주를 귀담아듣던 몇몇 관광객이 잔을 들고서 환호를 보냈다.

눈을 감고 익숙한 듯 피아노를 다루는 여유로움에 나는 그저 감탄하며 그 현장에 서 있었다. 수경의 멜로디가 내 마음에 전달되는 순간, 나는 그녀의 피아노 연주를 듣게 되는 날이 언젠가 다시 찾아오기를 마음속으로 기도했다.

약속

수경은 스리랑카에 금세 스며들었다. 우린 여러 곳들을 함께 다니며 서로에게 점점 젖어 들기 시작했다. 스리파다 정상에서 맞이했던 장엄한 일출, 안개 낀 호수를 품은 캔디의 신비한 도시 풍경을 지나, 야생 순록이 마중나와 환영해주던 월즈 엔드, 그리고 누와라엘리야에서 자전거를 타며 보았던 높은 하늘, 골 포트에서 내려다본 에메랄드빛 바다까지. 하지만 그녀가 스리랑카에 머물기로 했던 한 달여의 시간이 곧 끝을 향해가고 있었다.

우리가 찾은 마지막 여행지는 하푸탈레라는 작은 산골 마을이었다. 푸르른 녹차밭이 끝없이 펼쳐진, 안개가 자욱한 밤 경치가 인상적인 곳이다. 늦은 오후, 숙소를 잡고 커리로 간단히 저녁을 먹는 동안 이미 해가 지고 어둠이 깔렸다. 새로운 경치를 바라보느라 들뜬 마음에 늦은 시간에도 동네를 둘러보기 위해 산책에 나섰다. 민가 지역이었지만 늦은 밤 거리엔 가로등 하나 없었다. 완전한 어둠에 둘러싸여 오직 휴대폰 불빛에 의존하며 모험을 강행했다.

고산 지대의 쌀쌀한 밤공기는 낮게 깔린 구름과 절묘한 조화를 이루었다. 안개는 흩어졌다 모이며 수천 개의 형상으로 재빨리 모습을 바꿔가며 산을 타고 있었고, 우리는 인적 드문 언덕길을 오르며 몽환적인 밤 경치에 도취되었다. 그렇게 모든 것이 아름답기만 하던 그 순간, 우리를 침입자로 여긴 대형견 한 마리가 갑자기 근처 민가에서 달려 나왔다. 개는 큰소리로 짖으며 우리를 향해 뛰어올랐고, 야밤의 갑작스러운 습격에 놀라 도망치던 수경과 나는 발을 헛디뎌 언덕 아래로 굴러떨어졌다.

아직 진정되지 않은 마음을 뒤로 한 채, 몸을 일으키며 수경이 괜찮은지부터 살폈다. 나는 흙먼지만 털어내면 그만이었지만 끈 슬리퍼를 신은 채 언덕 아래로 구른 수경은 왼발을 크게 다쳤다. 깊은 어둠 속에서 수경의 발을 손으로 더듬어 살폈다. 엄지발가락 주변에 흙먼지가 달라붙은 것을 확인하고 털어내며 들어올리자 수경이 곧장 비명을 질렀다. 내가 집어 올린 것은 흙먼지가 아닌 달랑거리는 수경의 생 엄지발톱이었다.

그날 수경은 밤새 약도 없이 한쪽 귀퉁이만 아슬아슬하게 매달린 엄지발톱으로 인한 극심한 통증 때문에 한숨도 못 잘 것 같다고 한동안 울먹였다. 그래도 많이 놀랐던 덕분인지 수경은 자신이 뱉은 말이 무색하게 통증 속에서도 이내 깊은 숙면에 빠졌다. 다행스럽게도 아픈 가운데 쌔근거리는 수경을 보니 나도 안심하고 잠들 수 있었다.

다음 날 수경은 마을의 유일한 약국에 들러 간단한 치료를 받고, 평상시보다 두 배는 통통 부은 발로 절뚝거리면서도 4시간을 걸어 하푸탈레 차밭 정상에 올랐다.

이 예상치 못한 발톱 사건으로 수경은 며칠 뒤에 스리랑카를 떠나려던 계획을 변경해야만 했다. 발톱이 어느 정도 나을 때까지 더 머무는 동안, 나는 그 모든 것이 내 잘못 같아서 그녀가 떠나는 날까지 상처 부위를 꼼꼼히 치료해주었다. 달랑거리던 발톱이 떨어져나가고 새 발톱이 나기 시작할 무렵, 우리는 이전보다 더욱 가까워져 있었다.

그래도 이별의 순간은 피할 수 없었다. 어느새 발톱이 많이 아물고 통증도 가라앉자 수경은 본능적으로 새로운 여행지를 향해 떠날 준비를 하기 시작했다.

* * *

수경이 스리랑카를 떠나기 하루 전, 우리는 석양빛에 반사되어 보랏빛 파도가 넘실거리는 인도양을 바라보았다. 세찬 파도 소리, 발을 감싸는 따뜻한 모래, 조명에 반사된 백사장 위 그림자 한 쌍. 시원한 바다 공기가 부드럽게 스쳐갈 때 우리의 손이 마주쳤다. 그 순간 누가 먼저랄 것 없이 자연스럽게 서로의 손을 잡았다. 우린 말없이 그렇게 손을 맞잡고 백사장을 걸었다.

나는 용기를 내 그녀에게 수줍은 고백을 전했다. 그러나 수경은 잠시 놀라기만 했을 뿐 어색하게 싱긋 웃더니 내게 말했다.

"우리가 과연 다시 만날 수 있을까?"

맞다. 떠나야 하는 수경과 남아야 하는 나. 내가 스리랑카에서의 활동을 마치고 한국에 돌아가려면 적어도 1년 반의 시간이 필요했다. 그때쯤 수경이 여행을 마치고 나를 기다리며 한국에 있을 거라는 보장은 없었다. 우리가 나중에 다시 만나 함께 하는 미래는 그려지지 않았다.

내가 아무 말도 하지 못하고 있을 때, 수경이 한 가지 제안을 했다. 지금 상황에서 우리가 만날 수 없을 만한 장소를 정하고 그곳에서 다시 만나게 된다면 이 인연을 운명으로 받아들이자고. 조건은 하나, 우리 둘 다 한 번도 가보지 않은 곳, 각자의 버킷리스트에나 올릴 법한 특별한 장소로. 3년에 걸친 장기 여행자 생활을 하고 있던 수경도, 해외 생활에 익숙했던 나도 한 번도 밟지 못한 대륙은 하나로 좁혀졌다. 유럽이었다. 약속의 장소로 나는 프랑스 파리를, 수경은 체코 프라하를 골랐다.

사실 유럽은 그 당시 수경과 내가 단 한 번도 꿈꿔본 적 없는 아득한 곳이었다. 우리의 운명을 결정지을 장소로 유럽을 선택했다는 것은 수경에게나 나에게 단순한 모험 이상의 의미였다. 어쩌면 자신 없는 앞날을 미래의 운명에 던져버린 것인지도 몰랐다. 그때는 우리의 만남에 대해 아무런 계획도 없었지만 그 두 곳에서 재회하는 우리를 상상하는 것만으로도 심장이 뛰었다. 만약 정말 그 장소에서 만나게 된다면 이보다 더 영화 같은 일이 어디 있을까?

수경은 그렇게 막연한 약속과 함께 예정대로 다음 날 스리랑카를 떠났다.

재회

— 진휘야, 약속한 날짜에 맞춰 파리에 도착하진 못할 것 같
아. 파리에 도착해서도 혼자 너무 축 처져 있지 않았으면 해.
여기까지 와서 이런 말 해서 미안해.

크리스마스까지 앞으로 단 5일, 캐리어에 짐을 채운 후 유
럽으로 출발하기 직전 도착한 수경의 메시지였다.

라트나푸라에서 저녁 버스를 타고 늦은 밤 스리랑카의 행
정수도 콜롬보 공항에 도착했다. 수경이 스리랑카를 떠난 지
9개월이 지났지만 재회에 대한 약속을 한 번도 잊은 적이 없
었다. 우연을 필연으로 만들 수 있다면 어떻게든 하고 싶었다.

결국 그 약속을 현실로 옮기기 위해 휴가를 내고 먼 여정에 도전하기로 했다. 하지만 수경의 메시지를 확인한 순간 그동안 달려왔던 모든 노력이 물거품이 된 것만 같았다.

그 약속은 나만의 것이 아니었다. 수경도 스리랑카 이후 처음으로 여행의 시선을 서쪽으로 돌렸다. 수경은 지금까지 상대적으로 물가가 저렴한 동남아시아를 중심으로 여행을 다녔다. 그러나 이번에는 스리랑카를 떠나며 그해 겨울 우리가 유럽에서 만날지도 모른다는 단 하나의 희망을 가지고 무리인 줄 알면서도 여행의 방향을 틀었다.

종종 수경의 소식을 담은 엽서가 스리랑카에 있는 내게 도착했다. 이란, 튀르키예, 러시아에서 온 엽서를 읽으며 새로운 도전에 나선 그녀를 응원했다. 물론 나는 답장을 쓸 수 없었다. 내가 쓴 엽서가 발신된 주소로 도착할 시점엔 수경은 이미 다른 국가로 이동하고 없을 테니까. 얼마 전에는 또 다른 곳에서 새로운 엽서가 도착했다. 핀란드 북쪽 끝 지방에서 날아든 엽서를 손에 들고 우리의 약속이 가까워지고 있음을 실감했다.

하지만 전 세계에서 가장 물가가 높은 나라 노르웨이가 수경의 여행을 환영하지 않았다. 노르웨이 최북단 도시 호닝스버그에 도착했을 때 수경에게는 그곳의 숙박비를 감당할 여유가 없었다. 그럼에도 약속의 결말을 조금이라도 빨리 확인하고 싶었던 걸까, 그녀는 무리한 결정을 내렸다. 경비에 여유가 없는 채로 일단 숙소를 잡고 들어갔다. 아마도 그 사이에 어떤 식으로든 방법을 찾으려고 했겠지만 끝내 숙박비를 해결할 방법을 찾지 못했다. 하지만 이렇게 여정을 중단할 수는 없었다. 수경은 여행을 시작하고 처음이자 마지막으로 부모님에게 도움을 받아 노르웨이를 벗어날 수 있었다. 그러나 이번에는 프랑스 남부 도시 아를에 갇혔다. 이제 통장 잔고는 정말 바닥이 나서 파리로 올라올 수 없게 됐다.

그 소식을 확인하며 공항으로 향하는 길, 발걸음이 한없이 무거웠다. 한순간 허무하게 증발해버린 부푼 열망에 넋을 잃고 버스 차창 밖만 하염없이 바라보았다. 스리랑카에서 헤어진 이후 9개월 동안 하나의 목표를 향해 달려왔다. 단 몇 시간 전만 해도 수경과 재회할 기대에 들떠 있던 나는 졸지에 나아갈 방향을 잃어버렸다. 둘이 아닌 혼자서 보낼 유럽 여행이었다면 애초에 시작도 하지 않았을 것이다.

콜롬보 공항에 도착해 무기력하게 수속을 마친 뒤 비행기 탑승 직전, 혹시나 싶은 마음에 와이파이 구역을 급하게 찾았다. 그녀와 연락을 주고받던 SNS 메시지함에 새로운 알림이 떠 있었다. 수경이 보낸 새 메시지였다. 아를에서 파리로 이동할 테제베 티켓을 구해 곧 출발한다는 소식이었다. 아를에서 만난 한 여행자가 수경의 사정을 듣고 15만 원도 넘는 비용을 지불하고 기꺼이 티켓을 끊어줬다고 했다. 단 몇 시간 만에 일어난 기적이었다.

그러나 이번에는 내 쪽에 문제가 생겼다. 스리랑카에서 프랑스로 향하는 항공비를 아끼기 위해 에어인디아 항공을 선택한 것이 잘못이었다. 환승지 델리에 닿기 전 경유했던 다른 지역에서의 운항 일정이 틀어져 내가 델리 공항에 도착했을 때는 파리로 향하는 항공편이 이미 떠나고 없었다. 에어인디아를 상대로 민원을 넣었지만 이미 놓쳐버린 비행기에 대해 항공사 측에서는 어떠한 변상도 해줄 수 없다고 강경하게 나왔다. 급하게 당장 파리로 출발할 수 있는 다른 항공편을 알아봤지만 소용없었다. 이미 크리스마스 성수기에 놓인 티켓들은 편도만 200만 원 선까지 뛰었고 그 값을 지불하는 것은 내 능력 밖이었다. 꼼짝없이 델리 공항에 갇혀 1년간 기다려온 약속을 포기해야 하는 상황에 이르렀다. 빈손으로 다시 스리랑카로 돌아가는 선택지만 남은 것이다.

그때 우연히 나와 같은 이유로 다음 항공 일정을 놓친 인도 자국민 여행객 두 명을 만났다. 혼자보다 여럿이라면 어떻게든 방법이 생길 것 같았다. 그들과 한 팀이 되어 항공사에 적극적으로 항의했고, 끝내 연신 고개만 젓던 항공사 직원으로부터 다음 날 파리로 떠나는 티켓을 건네받았다. 두 번째 기적이었다.

예정에 없이 델리에서 밤을 보내던 그날, 내 마음은 불안한 생각들로 가득했다. 한 사람을 만나는 과정이 이토록 엇갈리고 극복해야 할 일이 많은 것이었나? 이렇게 힘든 과정을 겪고 난 이후에 우리는 정말 서로를 향해 나아갈 수 있을까? 지금의 엇갈림은 앞으로 우리가 마주할, 우리도 미처 모르는 어떤 미래를 암시하는 것은 아닐까.

그렇게 속이 타는 사흘의 시간을 보내고서야 드디어 재회의 순간이 찾아왔다. 몽마르트르와 멀지 않은 파리 9구의 한 호텔, 그곳에서 수경을 만났다. 섣불리 다가오지 못하고 걱정하던 눈빛으로 내 표정을 살피는 수경. 나도 한 발짝 물러나 그 어색한 침묵을 견뎠다. 내가 먼저 조심스럽게 입을 열었다.

"우리 다시 만나기가 왜 이렇게 힘든 거야?"

내 말에 수경의 눈빛에 안도가 스몄다.

"그럼, 쉬울 줄 알았어?"

수경은 그렇게 말하며 웃었다. 서로 마주보는 순간 지금까지 달려온 여정의 숱한 어려움이 별안간 말끔히 씻겨 내려가는 기분이었다.

아직 모든 게 거짓말 같고 낯설기만 했다. 우리가 서로 알고 지낸 것은 고작 한 달이었을 뿐인데 서로를 포기하지 못하고 잊지 못하고 온갖 어려움을 감수하며 여기까지 오다니. 우리가 함께했던 그 길지 않은 한 달이 인생에 흔치 않는 경험으로 각인되었기 때문이었을까? 아니면 온전히 한 사람에게 집중했던 시간이어서? 모든 것이 긍정적으로 해석될 수 있었던 특별한 장소에서의 특별한 시간이었기 때문에? 이유가 무엇이었든 간에 서로가 단 한 사람을 향해 이 긴 시간을 기다리고 이렇게 달려올 수 있다는 사실이 새삼스러웠다.

우리는 크리스마스 분위기가 한창인 파리 거리를 밤 늦도록 함께 걸어 다녔다. 연말 장식으로 조명이 반짝거리던 에펠탑은 파리 시내 어디에서나 은은하게 빛을 뿜어냈다. 엽서에다 담을 수 없었던 서로의 이야기로 추운 겨울밤을 꼬박 지새웠다.

우리의 여행은 야경이 빛났던 헝가리 부다페스트를 지나, 오스트리아의 눈 덮인 알프스 호숫가에 지어진 동화 같은 마을 할슈타트, 그리고 음악의 도시 빈으로 향했다. 체코 국경을 넘어 중세 도시 체스키 크룸로프를 지날 때쯤에는 서로에 대한 마음도 확신으로 변해갔다.

* * *

어느덧 12월 31일, 그해의 마지막 날. 수경과 나는 우리가 함께 약속했던 또 하나의 장소인 프라하의 카를 교 위에서 블타바 강을 바라보며 새해를 맞았다. 검은 하늘에 빛이 번졌다. 새해의 첫 시작을 알리는 화사한 불꽃들이 잔잔한 강을 환히 밝히며 터져나갔다. 프라하 거리가 다시 잠에서 깨어나고 있었다.

나는 수경에게 더 가까이 다가섰다. 주위의 많은 사람이 사랑하는 사람과 함께 소원을 빌고 있었다. 주위를 둘러보던 수경이 나를 돌아보며 말했다.

"우리 소원 빌까?"

수경의 말에 나는 우리가 오랫동안 행복할 수 있는 미래를 기원하며 비밀스러운 소원을 프라하 밤하늘 위로 조심스럽게 날려 보냈다. 그날 밤, 수경과 나는 검붉던 블타바 강 위로 번지는 불꽃을 바라보며 매서운 추위조차 잊은 채 오래도록 서 있었다.

체온

수경이 쓰러진 첫해 겨울. 병원에서 맞이한 12월의 공기는 유독 차가웠다. 따뜻한 병실에서 보내는, 온종일 나른한 주말 오후였지만 나는 막 잠이 든 수경을 흔들어 깨웠다. 잠에 취한 그녀를 일으켜 세워 두꺼운 가디건을 입히고서 모자를 씌웠다. 수경을 안아 들어올린 다음 휠체어로 옮겼다. 수경의 가느다란 몸 위로 담요를 여러 장 덧씌워 병실을 나서는 동안에도, 영문을 모른 채 끌려 나온 수경은 여전히 졸려워하기만 했다.

별관 끝에 위치한 병실을 빠져나오자 미로처럼 복잡하게 얽힌 길이 펼쳐졌다. 우리가 향한 곳은 본관 로비. 일요일의 병원 복도는 지나가는 구역마다 텅 비어 있었다. 오직 들리는 건 휠체어가 지나가며 내는 바람 빠진 바퀴 소리의 메아리뿐. 인기척이 없어 더욱 차갑게 느껴지는 콘크리트 공간. 생소한 인공 구조물 경계를 넘어설 때마다 휠체어의 진입을 주저하게 만드는 문턱들이 우리의 작은 모험을 방해했다. 휴게실을 지나 옆 병동을 넘어 엘리베이터를 타고 내려와 초음파실을 통과해 방향을 이리저리 바꿔가며 때로는 긴 경사로를 건너 우리는 결국 목적지에 도달했다.

사람 하나 없는 공휴일의 병원 로비는 어둡고 적막했다. 아무도 찾지 않는 공간에 오직 우리 두 사람만 나란히 있었다. 온풍기가 작동하지 않아서 숨을 들이마시고 내쉴 때마다 입에서 김이 피어났다. 출발할 때 잠에서 깨지 못했던 수경도 어느새 추위에 눈을 뜨고 주위를 둘러보더니 의아한 눈빛으로 나를 바라보았다. 그제야 나는 수경이 볼 수 있도록 목적지를 가리켰다. 내 손가락이 향한 곳은 로비 중앙에 위치한 커다란 인조 나무. 그녀를 이곳에 데려온 이유는 바로 얼마 전에 이곳에 마련된 저 크리스마스 트리를 보기 위해서였다. 병원을 드나드는 방문객이라면 누구나 보게 되는 소박한 장식이었지만, 병원 안에만 머물며 치료실과 병실 사이를 오가는 게 전부인 수경에게는 처음 마주하는 낯선 풍경이었다.

이대로 아무 변화 없이 한 해가 지나가는 것이 미안했기 때문일까. 회복이 더뎌 병원 생활을 벗어나지 못하고 해가 바뀌어도 병원에 남게 되는 상황이 계속 마음에 걸렸던 터라 쉬고 있던 수경을 깨워가며 그곳에 데려간 것이었다.

다행히 수경은 트리에서 눈을 떼지 않았다. 크리스마스 트리 꼭대기에 놓인 별 장식으로 향하는 수경의 시선을 따라 그전까지 힘없이 내려앉아 있던 고개가 서서히 들렸다. 우리가 함께 거닐던 유럽 도시들에서 보았던 크리스마스 트리에 비할 바는 아니었지만, 삭막한 병원에 놓여 있던 그 장식 하나가 저 멀리로 사라지던 지난 추억들을 붙잡는 듯했다. 크리스마스가 두근거릴 나이는 이미 지났지만 낮과 밤, 해와 달의 변화가 조금도 중요하지 않은 장소에서의 예상 못한 발견은 수경을 미소 짓게 하기에 충분했다.

크리스마스 트리는 가지마다 빼곡한 금빛 장식들로 가득했다. 가까이서 살펴보니 평범한 장식이 아니었다. 누군가 하나씩 정성스레 달아 놓은 카드들이 저마다 빛을 받아 흔들리고 있었다. 병원 방문객의 간절한 소망이 담긴 카드들이었다. 누군가는 암 투병 중인 엄마의 회복을, 누군가는 교통사고로 입원한 아들을 걱정하는 마음을 담았다. 누군가는 연로하신 할아버지의 쾌유를 빌었다. 트리를 가득 채운 장식마다 각자 사랑하는 대상을 향한 소망이 담겨 있었다.

고개를 돌려 로비 한쪽에 놓인 카드와 펜을 향해 천천히 이동했다. 소원을 더 이상 빌지 않게 된 나와 다르게 수경은 카드가 눈에 들어오자 기대하는 눈빛을 보냈다. 앞으로 무엇을 더 기대할 수 있을까, 하는 내 마음과 달리 수경이 아직 희망을 놓지 않았다는 사실에 안도하면서도 괜스레 안쓰러웠다.

카드 앞에 다가섰다. 1년간 마음속으로만 품어온 많은 바람이 있었지만 지금은 단 하나면 충분했다. 수경도 같은 마음이란 걸 알았다. 나는 펜을 들어 수경의 손에 쥐여주고 그 위에 내 손을 포갠 다음, 한 글자씩 정성스럽게 우리의 소망을 카드에 담았다.

내년에는 완치되어 글도 쓰고 여행도 할 수 있게 해주세요.
— 수경

수경의 손이 닿을 만한 나뭇가지를 찾다가 위쪽은 포기하고 가장 낮은 위치로 향했다. 경직으로 말린 그녀의 오른손을 펴고 엄지와 검지 사이에 소원 카드를 끼웠다. 조심스럽게 그녀의 팔꿈치를 잡아 펴고 손을 트리 앞으로 내밀었다. 소원 카드를 가지에 묶는 것은 내 몫이었지만 수경은 마지막 순간까지 눈에서 카드를 놓치지 않았다. 결코 사람들의 시선을 끌 위치는 아니었으나 수경은 그것으로 만족했다. 그 카드는 겨울 내내 아무도 봐주는 이 없이 그곳에 걸려 있겠지만 우리가 같은 마음으로 소망을 품고 있다는 사실이 중요했다.

여전히 차가운 공기, 적막만 가득한 공간.

수경의 손을 담요 속으로 넣는 대신, 나는 그녀의 오른손을 다시 펴 내 얼굴에 천천히 갖다 댔다. 수경의 표정은 일순간 놀란 기색으로 바뀌었다. 손끝에서 전달되는 온기를 느끼고서 수경의 표정에 이내 슬픔이 고였다. 쓰러지고 나서 처음으로 닿은 내 얼굴의 촉감. 우리는 24시간 늘 1m 이내에 붙어 있으면서도 서로 얼굴을 감싸며 체온을 느낄 만큼의 여유는 없었다.

수경의 눈에서 왈칵 눈물이 터졌다. 늘 손을 내밀어 닿길 원했던 상대의 체온이 이제서야 흘러 들어왔다. 손을 마주잡고 걸었던 우리. 놓지 않으리라 다짐했던 그 손에서 서로의 체온이 다시 전해지기까지 참 오랜 시간이 걸렸다. 내 체온이 수경의 손으로 전달되듯이 그녀의 손에서 흘러나온 감촉이 내 마음에 새겨진 그 순간, 나는 다시 한번 그녀가 살아있음을 느꼈다.

짧은 접촉으로 그동안 잊고 있던 오래된 기억들이 되살아났다. 불과 두 해 전 에펠탑 아래에서 우리는 서로의 손에서 채워지는 온기로 추운 줄을 몰랐다. 인파가 넘치는 곳이었지만 그 순간의 기억은 우리를 특별한 존재로 바꾸어 놓았다. 맞잡았던 손이 언제까지나 영원할 거라 여겼던 그 순간은 지나갔지만 우리는 아직 서로의 체온을 갈구하고 있었다.

사랑의 소통은 다섯 가지 감각이 함께 움직여 나타나는 신비가 아닐까? 사랑하는 사람의 눈빛, 목소리, 향기, 촉감, 인상이 함께 타고 들어와 기억될 때 실재하는 사랑을 확인할 수 있다. 이중 하나만 부족해도 사랑은 온전히 전해지지 않는다. 서로가 같은 깊이로 사랑하기 위해서는 호흡이 닿을 거리에서 서로의 눈을 들여다보고 사랑을 속삭이며 품 안에서 느껴지는 서로의 심장 박동을 느껴야 한다. 그럴 수 있을 때 비로소 진짜 사랑과 삶을 새롭게 경험할 수 있다. 찬란한 순간도 시간이 지나면 생생한 빛을 잃고 흐릿한 잔상으로 남듯이 아무리 완벽한 세상도 불완전한 감각으로는 온전히 경험하고 누릴 수 없다. 그와 마찬가지로 결여된 사랑의 감각으로는 수경의 부서진 세계에 들어오면 금방 그 색을 잃는다.

병원 생활을 시작한 이후 때때로 나만의 일방적인 노력인 것만 같아 지치기도 했다. 나의 모든 것은 그녀와 멀어지지 않으려는 필사적인 몸부림에 가까웠다. 그녀로부터 단 한마디 진심을 듣지 못해 불안했던 나날들. 그럴수록 나도 모르게 애써 그녀와 심리적 거리감을 두려고 했었는지 모른다. 그러나 그날 짧은 접촉에서 느꼈던 서로의 체온에서 우리가 여전히 같은 깊이로 서로를 바라고 있다는 사실을 확인했다. 밤새 식을 줄 모르던 대화의 열기, 두 눈을 마주보며 나누었던 진심, 서로를 안으며 전해진 온기……. 우리를 이어주던 과거의 추억들은 사라졌지만 외줄 위를 걷듯 위태로운 관계 속에서 서로를 진심으로 받아들이기 위한 새로운 가능성을 발견했다.

외출

병원 생활이 2년차 되던 해 봄바람이 불기 시작한 4월의 어느 날, 처음으로 수경과 외출을 하기로 마음먹었다. 병원에서 보낸 2년 만의 첫 외출 소식에 수경은 일찍부터 들떠 있었다. 지겨운 병원 생활에서 잠시 벗어날 수 있다는 것만으로도 해방의 감정이 표정에 그대로 드러났다.

출발 전 환자복 대신 수경이 예전에 입던 평상복으로 갈아입혀주었다. 오랜만에 라운드티와 바지를 입은 수경의 얼굴빛엔 어색함이 묻어났다. 그리 멀리 가는 건 아니지만 기저귀와 비상약 같은 물품들을 챙기는 것도 잊지 않았다.

밖으로 나가 보니 이미 세상은 완연한 봄 기운으로 가득 차 있었다. 우리가 병원에 꼼짝없이 박혀 있던 시간에 계절은 이렇게도 때에 따라 변신을 거듭하며 생기를 내뿜고 있었다.

수경을 데리고 도착한 곳은 여의도였다. 장애인 차량에서 내리자마자 따뜻한 봄 기운이 우리를 맞았다. 벚꽃이 양 길가에 흐드러지게 피어 있는 윤중로는 입구에서부터 꽃 구경 나온 인파로 넘쳐났다. 그 길에 들어서자 연인, 가족들이 모여 서로 대화를 주고받으며 벚꽃 아래에서 사진을 찍고 있었다. 휠체어를 타고 그곳을 지나가자 우리를 향한 사람들의 시선이 느껴졌다. 벚꽃 맞이에 어울리지 않는 낯선 휠체어의 등장 때문이었을까? 윤중로는 사람들로 북적거려 도저히 휠체어가 지나갈 틈이 없었다. 얼마 가지 못하고 멈춰 섰다가 다시 전진하기를 반복해야 했다. 그 사이에도 부드러운 바람에 떨어지는 벚꽃잎을 감상하는 건 잊지 않았다.

바람이 불자 꽃잎이 떨어져 공중으로 흩어졌다. 그 꽃잎들 중 몇 개는 살포시 포개진 수경의 손 위로 내려오기도 했다. 수경의 손등 위에 내려앉은 꽃잎이 떨어질 듯 말 듯 바람을 따라 하늘거렸다. 얼마 만의 봄, 얼마 만의 벚꽃인지 몰랐다. 계절의 변화를 감지하는 법을 잃어버렸기에 봄이 지나가는 줄도 모르고 지냈다. 오랫동안 봄의 기운을 까마득히 잊고 살았다. 봄을 이렇게 가까이 느끼는 것도, 벚꽃이 흩날리는 광경을 보는 것도 오랜만이었다. 벚꽃이 우리에게 말하는 것 같았다. 세상은 아직 따뜻한 곳이라고, 공중에서 날리는 벚꽃잎의 찬란한 아름다움은 시간이 지나 또다시 찾아온다고. 잃어버린 우리의 삶도 다시 돌아올 수 있을까? 꽃잎을 보며 따스한 봄을 느끼듯, 우리 인생에도 지나쳐버린 봄이 다시 찾아올 수 있을까.

쭉 펼쳐진 윤중로를 따라 수경의 휠체어를 밀며 틈틈이 사진을 찍었다. 인파가 앞을 막아 더 이상 앞을 지나갈 수 없어서 옆길을 따라 걷다 보니 한강 공원까지 돌아 나왔다. 한강을 함께 바라본 것도 얼마 만이었는지 까마득했다. 이곳도 분명 수경과 추억이 깃든 장소였는데 한동안 잊고 지냈다.

한강의 평화로운 경치를 바라보며 이대로 시간이 멈췄으면, 하고 생각했다. 지나간 과거는 가슴에 묻고 아무 걱정 근심 없이, 어떤 허황된 소망도 없이, 이 순간 그저 지금의 우리 모습 그대로 받아들일 수만 있다면 얼마나 좋을까.

다시 부드러운 바람이 불어왔다. 나는 조심스럽게 입을 열었다.

"바람 부니까 좋지? 이렇게 있으니까 우리 다시 여행 나온 기분이야. 함께 여행한 곳들이 생각나."

우리가 함께했던 특별한 장소들. 더위와 추위를 함께 누리고 여행하며 흠뻑 사랑할 수 있었던 시간들. 모두 생각난다. 그 속에서 웃음 짓던 우리가.

"우리 정말 그때 행복했었어. 처음 만난 순간부터."

바람이 불자 벚꽃잎이 흩날렸다. 나는 떨어지는 꽃잎 중 하나를 손으로 잡으며 조심스럽게 물었다.

"우리 다시 그때처럼 돌아갈 수 있을까?"

남들과 달랐던 인연이었던 만큼 낯선 세상에서 만난 우리의 추억은 하나도 버릴 것 없이 모두 소중하게 남아 있는데. 지금이라도 우리가 보낸 그 시간들을 꺼내 하루하루를 다 셀수 있을 것만 같은데. 다시 돌아간다고 해도 그때보다 아름다울 수 없을 순간들인데. 그 찬란했던 추억 끝에 돌아온 결말이이토록 처참한 현실과 병원 신세라니.

분홍 꽃잎들 사이로 다른 색깔의 무언가를 발견했다. 바닥에 떨어진 잎사귀를 집어 들었다. 때 이른 단풍잎이었다. 나는 그 잎을 수경의 손에 쥐여주었다.

"혹시 이거 기억나? 우리 같이 광주 갔을 때, 그때 늦가을이라 이런 단풍잎 더미에서 같이 놀았잖아."

수경은 그 순간을 기억하지 못하는 눈치였다. 무의식의 세계에서 돌아오는 조건으로 나와 보낸 추억들을 대부분 지워버렸기 때문에. 마치 떠올리면 안 될 고통의 원인이 그 속에 있기라도 하듯이. 결국 그녀와 보낸 추억들은 오직 내 안에만 남아 있다.

스리랑카에서 돌아와 잠시 국립중앙박물관에서 일하던 시절, 광주로 출장을 가야 할 일이 있었다. 수경은 갑자기 웬 광주냐며 내 출장 길에 따라와 같이 기차를 타고 출발했는데, 자신의 SNS에 광주 여행에 관한 게시물을 올리며 나를 태그하는 바람에 박물관에서는 한바탕 난리가 났다. 나는 출장 길에 여자친구가 데이트하러 따라온 게 아니란 것을 설명하느라 진을 뺐다. 잔뜩 의기소침해진 수경은 자신이 잘못했다며 슬그머니 게시물을 지웠지만 이미 수습이 불가한 뒤였다. 당황스러움이 가라앉지 않았지만 잔뜩 주눅든 그녀의 얼굴을 보니 마음이 누그러졌다.

어쨌든 그날 업무가 끝나는 대로 우리는 가을 여행에 나섰다. 단풍이 들기 시작할 무렵이었고, 냄새는 지독했지만 우리를 잘 따르던 동네 흑구 한 마리와 사진도 남겼다. 많이 먹지도 못하는 소식자들의 어설픈 맛집 탐방도 이어졌다. 우린 그날의 추억을 잊지 않기 위해 가장 예쁘게 물든 단풍잎을 주워 서로에게 선물해주기로 했다. 코팅해서 오래 보관하겠다는 낭만 따위는 없었지만 예쁘고 빳빳한 잎을 골라 두꺼운 책 속에 끼워두기는 했다.

"너는 여행가는 곳마다 기억에 남을 물건들로 하나씩 추억을 간직하잖아. 그때는 저 단풍잎으로 가을 광주 여행을 기억하자고 그랬었는데."

자신의 머릿속에는 남아 있지 않지만 내 말을 따라 그날의 기억을 더듬는 수경의 표정이 생기를 되찾는다. 흩날리는 꽃잎 사이로 우리는 서로를 바라보았다. 가만히 서로의 눈동자 속에 온전히 녹아들기를 기다리면서.

권리

수경이 병상에 누워 지내는 동안 세상과의 소통은 이미 단절된 지 오래. 그런 상황에서도 그녀는 꿋꿋이 병원 밖에서 들려오는 세상의 소리에 귀를 기울이려 애썼다. 누구 하나 뒤처지거나 버림받지 않는 사회, 보이지 않게 그어진 계급을 넘어 누구나 자신의 목소리를 낼 수 있는 사회, 제도권 밖으로 밀려난 이들에게도 재기의 기회가 보장된 사회, 늘 그런 세상을 꿈꾸던 그녀였다. 물론 그 중심에 자신이 거하게 될 줄은 꿈에도 몰랐을 테지만.

병원에 입원해 있는 그녀가 투표를 행사하기 위해 험난한 여정에 나선 것도 바로 그런 이유 때문이었다. 이미 쓰러진 삶이었지만 그 존재로서도 지닌 권리를 이행하기 위해 나선 낯선 걸음이었다.

그날 병원에선 어김없이 재활치료가 한창이었다. 선거가 있던 날이라 고단한 치료 없이 하루 종일 쉴 수 있겠다며 들떠 있던 수경의 표정은 금세 어두워졌다. 안 가겠다며 버티던 수경을 강제로 휠체어에 실어 치료실로 보냈다. 억지로 끌려간 오전 재활치료가 모두 끝나고 점심시간이 되어 병실로 돌아올 때까지 수경의 표정은 불만으로 가득 찼다.

식사가 끝나고 잠시 휴식을 취하는 사이 수경과 눈이 마주쳤다. 수경의 결연한 표정의 의미를 알아챈 나는 이윽고 고개를 끄덕였다.

"치료 대신에 외출하겠다고요?"

주치의는 당황스러운 반응으로 재차 확인에 나섰다.

"오늘 투표를 꼭 하겠다고 해서요. 투표소가 멀지 않으니 금방 다녀오려고요."

"수경 님이 투표하기가 쉽지 않겠지만…… 늦지 않게 조심히 다녀오세요."

주치의 앞에서 어렵게 얻어낸 허락에 수경은 웃음을 감추지 못해 표정 관리에 실패했다.

서랍을 뒤져 얼마 만인지 모를 수경의 주민등록증을 꺼냈다. 주민등록증엔 우리가 만나기 전에 찍었던 앳된 얼굴이 붙어 있었다. 오래된 증명사진을 보고 잠시 피식 웃음을 터트린 뒤, 이제는 주민등록증보다 익숙한 장애인 복지카드를 집었다. '뇌병변 장애 1급'이라고 적힌 복지카드에는 어째서인지 주민등록증보다 더 오래된 중학생 시절의 사진이 걸려 있었다.

수경이 쓰러지고 6개월 후 환자이면서도 장애인이란 사실을 인정해야 했던 순간의 당혹감이 떠올랐다. 장애인 복지카드에 적힌 등급 명칭이 평생 수경에게서 지우지 못할 낙인이자 평생 뛰어넘지 못할 계급인 것처럼 내 마음에도 깊게 박혔다.

장애인 콜택시를 불러 수경과 함께 이동하는 5월의 공기. 우리가 조금도 인지하지 못한 사이 어느새 벚꽃이 지고 공기에는 미세한 열기가 스며 있었다. 택시 안에서 수경은 차창 밖을 조용히 바라보았다. 매번 똑같은 치료뿐인 지루한 일상을 벗어나 차창 너머 펼쳐진 낯선 세상을 바라보는 것만으로도 수경의 일탈은 성공이었다.

차로 20분쯤 달렸을까? 콜택시에서 내려 투표소로 지정된 주민센터에 들어섰다. 그러나 입구에서 3층 투표소까지 끝없이 길게 늘어진 줄을 보고 당혹스러운 마음에 발길을 멈췄다. 두 시간 이상 휠체어에 앉아 있기 불편한 수경을 데리고 무작정 기다릴 수는 없었다. 안내요원에게 도움을 청했다. 그러자 바다를 가르듯 인파를 뚫고 들어가 엘리베이터를 먼저 탈 행운이 주어졌다. 뒤통수에선 우리를 바라보는 동정 어린 눈빛과 따가운 불만의 시선을 느낄 수 있었다.

3층에 내려 투표소를 바라보는 광경. 그것이 무척이나 생경했던 것은 수경뿐만 아니라 나도 마찬가지였다. 이미 그 자리에 선 것 자체가 우리에게는 험난한 도전을 의미했다. 투표장소에 낯선 휠체어의 등장에 사람들의 시선이 쏠렸다. 안내요원에게 다가가 자초지종을 설명했다. 수경은 몸을 움직일 수 없지만 의식이 멀쩡해 도움만 있으면 투표할 수 있다는 간단한 이야기였다. 하지만 받아들이는 경우에 따라 전혀 간단치 못한 문젯거리가 되기도 한다. 그들은 의심의 눈초리로 질문을 쏘아댔다.

"의식이 있는지 어떻게 확인하나요?"

"이 환자와 관계는 어떻게 되나요?"

"손을 못 쓰는데 투표를 어떻게 하겠다는 거예요?"

그들은 휠체어에 기대 앉아 힘없이 눈만 끔뻑거리는 수경을 위아래로 훑었다.

이윽고 투표소에는 한바탕 비상이 걸렸다. 안내요원들은 선거관리위원회에 전화를 걸고 매뉴얼에 없던 비상 상황에 대응하기 위해 이리저리 바쁘게 움직였다. 그들이 머리를 맞대고 이 난제를 해결하기까지 수경과 나는 구석 뒤편에 밀려나 한참을 기다려야 했다. 그렇게 어려운 문제가 아닌데. 수경이 후보자 중에서 한 사람을 고르고 내가 대신 투표만 하면 되는데. 하지만 그들은 통제할 수 없는 상황에 극도로 예민했다.

"대리 투표가 굉장히 민감한 문제라……."

"현장에서 본인이 결정하고 제가 대신 도장만 찍으면 되는 거예요."

"우리가 방금 전에도 대리 투표 때문에 민원이 걸린 게 있어서, 그게 참……."

그들은 수경의 상태를 의심하는 눈빛을 거두지 않은 채 내게서 그녀를 떼어 놓으려 했다. 그들이 직접 기표소에 수경을 데려가 대답을 물어보겠다는 식이었다. 하지만 나와 수경의 가족, 몇몇 극소수의 가까운 사람 외에는 수경과 의사소통이 가능하지 않았다. 가만히 참고 있던 그녀가 표정을 일그러뜨리며 극도의 불편감을 호소했다.

또다시 20여분의 시간이 흘러 그들을 대표할 만한 누군가가 나타났다. 결국 그 사람이 기표소에 함께 들어가 내가 수경의 의사에 맞게 제대로 투표하는지 그 과정을 감시하는 것으로 결정이 났다.

기표소에 들어서자마자 각 정당에서 파견한 감독관들이 시끄러운 소리를 내며 조작이다, 무효다 하며 수경의 투표를 부정했다. 그들 중 몇몇은 투표소에서 나온 우리를 막아서고 길을 내주지 않았다. 우리가 어떤 잘못을 저지른 것도 아닌데 그들은 수경의 장애인 복지카드를 사진으로 찍어 가고 내 전화번호까지 캐물어 갔다. 그 혼잡한 틈을 비집고 나와 다시 한참을 기다려 장애인 콜택시를 만나 탑승할 때까지 우리를 향한 불신의 눈초리로 뒤통수가 따끔거렸다.

장애인 콜택시가 도착한 뒤, 차량 뒤 칸에 수경이 탄 휠체어를 안전하게 고정했다. 차 시동이 걸리자마자 한숨이 절로 나왔다. 그런 내게 콜택시 기사님이 말을 건넸다.

"오늘 투표하고 돌아가는 길인가 봐요?"

"네, 투표하는 것도 쉽지 않네요. 그냥 병원에 있을 걸 그랬나 봐요."

"그렇죠. 그래서 투표하는 것이 목적이라면 오늘 요금을 받지 않는다는 데도 이용자들이 도통 투표하러 가질 않아요. 수경 님이 대단한 거예요."

두 번 다시 겪고 싶지 않을 험한 경험이었다. 다만 하나의

사실만은 분명했다. 누구나 가진 기본 권리 하나 행사하는 것
조차 수경에겐 버겁다는 사실. 이마에 맺힌 땀을 닦고 수경을
돌아보았을 때 그녀는 차창을 향해 전에 없던 생기 있는 표정
으로 은은한 미소를 터트리고 있었다. 그 시간을 방해하고 싶
지 않아서 다시 조용히 고개를 돌려 기사님과 이야기를 나누
는 척 대화를 이어갔다.

어쩌면 수경에게 그날의 일과는 달랐을지도 모른다. 사람
들 틈에 섞여 누구나 하고 있는 일을 자신도 해냈다는 사실,
자신 앞에 놓인 장애물을 넘어 도전했다는 사실만으로도 수
경의 하루는 충분했을지도 모른다. 경제적 논리로 무장된 이
세상에 어울리지 않는 한 사람. 그 사람은 남들이 규정한 한계
를 아무렇지 않은 듯이 부수며 자신의 모습을 스스로 창조해
나간다.

책

나는 말만 앞선 사람이었다. 수경
과 나의 상이한 두 세계가 충돌할 때마다 항상 나 스스로를 지
키기에만 바빴다. 언제나 나의 옳음을 증명하는 것이 무엇보
다 중요했다. 사실 스리랑카에서 한국에 돌아온 이후 수경과
자주 부딪혔다. 이제는 현실에 뿌리내리고 평범하고 안정적
인 생활을 하기를 원하는 나와, 여전히 또 다른 세계를 향해
언제라도 떠날 준비를 하고 있는 수경은 정말 다른 사람들이
었다. 우리는 서로를 원했지만 함께하기에는 너무 다른 세상
을 안고 살아왔고, 언제나 자신감 넘치고 당당하게 살아온 내
세계에선 수경이 지나온 비밀로 얼룩진 삶이 온전히 이해될

리 없었다. 그녀의 모험적이고 도전적인 성향에 매료됐었지만, 한편으로는 이성과 합리의 세상에서 살던 나로서는 늘 몽상에 가까운 수경의 현실 도피적인 삶을 받아들이기 힘들었다. 서로 다른 울타리를 가지고 태어난 우리가 하나의 방향을 추구한다는 것은 그저 순진한 생각에 불과했는지 모른다고도 생각했다.

수경이 쓰러지기 직전 그해 겨울에도 우린 지겹도록 싸우며 서로의 가슴에 상처를 남겼다. 그 무렵 수경은 많이 외로워했다. 마음속 여러 가지 번잡한 생각들로 불안한 시기를 보냈다. 한국에 정착하기 위해 미뤄뒀던 현실적인 문제를 직면해야 했다. 병약했던 어린 시절을 극복하고 전 세계를 누비는 여행자가 되기까지의 시간들을 결코 헛되지 않게 하기 위해 수경의 한숨은 깊어졌다.

수경의 고민이 깊어질수록 다툼도 잦아졌다. 식당에 앉아 메뉴를 정하는 사소한 일에서 인생을 결정지을 중대한 고민에 이르기까지, 우리는 마치 다투면서 이 만남의 한계를 시험하고 있는 것 같았다. 그 당시 우리는 결점 찾기에 바빴는데, 다섯 살 연상인 수경은 꼭 내게 나이를 들먹이며 공격하곤 했다.

"넌 나이도 어린 애가 왜 그렇게 꽉 막혔니? 너처럼 답답한 애는 처음이야."

나도 지지 않고 맞섰다.

"아니! 성숙하지 못한 쪽은 오히려 너 같은데?"

서로 다른 인생관에 부딪혀 피 터지게 싸우다가도 마지못한 척 화해의 맥주잔을 부딪치다 보면, 어느새 휴전을 맺고 짧은 평화의 시기가 주어지는 생활이 한동안 이어지기도 했다.

가끔 다툼이 길어질 때면 수경은 잠시 연락을 끊고 책 속으로 파고들어 문장들 사이에 숨어 지냈다. 어릴 적부터 몸이 아팠던 그녀에게 책은 가장 가까운 친구였고, 종종 우울의 세계로 침잠해 들어갈 때마다 책 속 세상은 버거운 현실로부터 그녀 자신을 지킬 유일한 도피처이자 그녀의 가슴 벅찬 꿈을 실현하는 장소이기도 했다.

기억해보면 수경은 여행하면서도 책 읽기를 멈추지 않았다. 스리랑카에서 함께 기차를 타러 이동하기 위해 짐을 정리하는 동안 수경의 배낭 속에서 기형도 시인의 시집 『입 속의 검은 잎』을 발견한 적이 있다. 수경은 여행 도중 시간이 나거나 비가 쏟아져 밖에 나가지 못하게 될 때마다 그 시집을 꺼내 읽곤 했다.

사랑을 잃고 나는 쓰네

잘 있거라, 짧았던 밤들아

창밖을 떠돌던 겨울 안개들아

아무것도 모르던 촛불들아, 잘 있거라

공포를 기다리던 흰 종이들아

망설임을 대신하던 눈물들아

잘 있거라, 더 이상 내 것이 아닌 열망들아

장님처럼 나 이제 더듬거리며 문을 잠그네

가엾은 내 사랑 빈집에 갇혔네

그 시집 속 많은 시 중에서도 「빈집」은 수경이 특히 좋아하는 시였다. 그 당시 새로운 책이 생길 때까지 같은 책을 닳도록 읽고 또 읽었지만 지쳐가는 여행 틈틈이 시를 읽는 수경의 눈은 빛났다.

수경은 여행하면서 눈에 담았던 세상의 모습을 기록하길 멈추지 않았다. 그 과정에서 처음으로 수경의 이야기에 귀를 열어줄 독자를 만나기도 했다. 그녀의 여정에 관심을 기울인 한 매거진이 그녀의 여행기를 정기적으로 실어주기로 한 것이다. 스페인, 모로코, 그리고 이집트를 지나며 수경은 미지의 독자를 향해 조심스럽게 자신의 내밀한 이야기를 글로 꺼내

놓았다. 처음으로 세상으로부터 자신의 가치를 인정받은 심정이었을 것이다.

혹독한 추위가 기승을 부리던 그해 겨울, 수경은 방 안에서 혼자만의 시간에 몰두했고, 바람이 매서워질수록 수경의 책장에는 책이 점점 더 쌓여갔다. 날개를 펼치기 위해 인고의 시간을 보내듯이 수경은 모든 에너지를 들여 변신을 꾀하고 있었다. 그리고 그녀는 어느 날 그 어느 때보다 반짝거리는 눈빛으로 내게 말했다.

"나 길을 찾은 것 같아! 소설가가 되려고."

의심이 걷힌 확신의 목소리. 그날 이후 수경은 각종 중·단편 소설 공모 일정을 확인하며 매일 글쓰기에 몰두했다. 그 어느 때보다 결연해 보였다. 자신을 관통할 또 다른 정체성을 찾아 새로운 여정을 시작한 것 같았다. 자신의 외로운 인생에서 도전을 시도할 때마다 나침반이 되어주었던 문학으로의 새로운 모험을 꿈꿨다. 많은 시간 세상과 단절된 채 살아온 수경은 스스로 한계를 뛰어넘고 담을 허물려 하고 있었다.

나는 그녀와 지독하게 다투면서도 그녀가 발견한 길만큼은 지켜주고 싶었다. 그녀만이 보았던 세상, 꿈꾸었던 세계, 인생에 도전하고 맛보았던 승리와 패배의 순간들. 그녀만이 기록하고 전할 수 있는 이야기가 있다고 믿었다.

그러나 잃고 나서야 안다. 입으로는 사랑한다고 말하면서도 나는 단 한 번도 수경을 진심으로 이해하지 못했음을. 수경이 쓰러지고 나서야 뒤늦게 몰려오는 미안함을 전하고 싶은 마음이 절실했지만 이제 더는 만회할 기회가 없었다.

수경이 아직 의식을 찾지 못했던 시기의 어느 늦은 밤, 병원을 나와 수경의 빈집을 찾았다. 자취방 공간의 절반을 채운 그녀의 서재를 바라보았다. 그녀의 손길이 닿은 책들이 눈에 들어왔다. 로맹 가리, 알베르 카뮈, 프란츠 카프카, 니콜라이 고골, 밀란 쿤데라, 토마스 만, 니체…… 그녀가 좋아하던 작가들. 그녀에게 새로운 세계를 열어준 예술가들.

책들에 남은 그녀의 온기를 찾아다니다 그녀가 쓰던 낡은 노트북을 발견했다. 그 안에 그녀가 써내려가던 소설이 있었다. 그녀가 세상에 펼치고자 했던 진실한 이야기. 쓰다 만 원고로 남은 그녀의 이야기. 소설 속에서 완전하길 원했던 그녀는 지금의 모습처럼 그곳에 미완의 모습으로 불완전하게 남아 있다.

늦었지만 그녀의 세계를 경험하기 위해, 그녀의 생각을 알기 위해, 방 안을 가득 채운 책들을 밀린 숙제처럼 한 권씩 읽어나갔다. 수경이 수 개월째 잠만 자고 있던 때 병실에 밤이 찾아오면 그녀의 옆자리에서 한 권씩 책을 꺼내 읽었다. 제목부터 심오했던 그녀가 사랑했던 소설들, 철학적 고민이 담긴 작품들은 문자를 해독하듯 읽어내야 했지만 멈추지 않았다. 수경이 품었던 세계를 나도 이해하고 싶었다. 비록 늦었지만 그것이 어둠 속에서 길을 헤매고 있을 수경이 내게 가장 원했던 일일 것만 같았다. 또한 그것이 그때 내가 할 수 있는 유일한 생산적인 활동이라고 여겼다.

곁에 있었으나 결코 알지 못했던 이야기. 눈앞에 있었으나 보지 못했던 비밀스러운 순간들. 그러다 어느 날 문득 알게 되었다. 수경이 속해 있는 세계를. 수경이 다시 눈을 뜨게 되는 날 말해주고 싶었다. 먼 길을 돌아 이제서야 너를 정말 이해하게 됐다고.

내 안에 그녀의 책 목록이 쌓여가고 그녀가 꿈꾸던 세상을 조금이나마 이해할 수 있게 됐지만 같은 눈높이에서 서로의 눈동자를 바라보며 대화할 기회는 다시 주어지지 않을 것이다. 수경은 힘겹게 눈을 떴지만 침묵을 안고 세상에 돌아왔으니까. 그녀의 이야기도 그녀 안에서 여전히 미완의 작품으로 남은 채로.

꿈

"수경아, 꿈 잘 꿨어?"

아침 6시, 자고 있던 수경을 깨웠다. 잠에서 깨지 못하고 눈
꺼풀만 파르르 떨고 있는 그녀는 오직 잘 때만 꾹 다문 입술로
아침마다 이 소란스러운 세상에 돌아오기를 완강히 거부한
다. 꿈에선 다를까. 현실에서 잃었던 목소리와 신체의 자유를
꿈속에선 회복하고 있을까. 으레 형식적으로 건네는 잘 잤냐
는 인사가 나에게도 그녀에게도 반갑지 못한 이유. 그래도 늘
건네는 인사.

쓰러진 후 2년 동안 수경은 거의 꿈을 꾼 적이 없다. 뇌가
망가지면서, 특히 우뇌가 다쳐서 그런 것인지 그녀의 꿈속 세

상은 암흑뿐인 현실보다 더 깊은 단조로움으로 멈춰 있다. 아침마다 꿈을 꿨냐는 내 질문에 수경은 한동안 난처해하며 아무 대답도 하지 못했다. 그러나 시간이 지나면서 같은 질문에 미소 지으며 답하기 시작했다. 서서히 꿈이 돌아오기 시작한 것이다. 적어도 다른 이들처럼 꿈을 꾸게 될 만큼 건강을 회복하게 된 것일까?

그녀가 꾸는 꿈이 궁금했다. 매일 밤 옛 추억으로 돌아가고 있을까? 놓치기 아쉬웠던 순간으로? 아니면 더 이상 불행도 고통도 없는 곳에서 마음껏 뛰어다니고 있을까? 떡볶이, 라면, 튀김 같은, 그동안 애써 생각하지 않으려고 외면했던 음식들을 쌓아두고 끝없이 먹는 꿈을 꾸고 있진 않을까.

하지만 밤새 무슨 꿈을 꿨냐는 질문은 차마 내 입에서 떨어지지 않는다. 그녀가 꾼 꿈이 어떤 장면이든 결코 내게 설명할 수 없을 테니까. 그렇게 오늘도 잘 잤냐며 아침마다 나누는 우리의 첫 인사는 꿈의 안부를 묻는 질문으로 대체됐다.

언젠가 무슨 연유에서였는지 하루 종일 기분 좋아 보였던 수경은 관이 입을 통과해 위까지 들어가 유동식을 공급하는, 그 괴로운 점심 식사마저 꿋꿋이 참아내더니 이내 웃음을 터트렸다. 웃는 소리가 결코 새나가지는 않았지만 키득거리는 소리가 언뜻 귓가에 들리는 것 같았다. 호기심 가득하고 장난기 많은 소녀처럼 웃는 소리가.

전하고 싶은 말이 있는 눈치란 걸 알아챘다. 글자판을 가져와 수경의 눈이 지목하는 자음과 모음을 느릿느릿 하나씩 찾아갔다. 조금씩 조합되는 글자가 서서히 의미를 형성하고 이내 수경이 무슨 말을 하려는지 알았다. 완성된 글자를 수경의 가족이 모두 모인 곳에서 대신 소리내 읽었다.

"너 다음 주에 시간 낼 수 있어? 나 걷고 뛰어다니는 꿈을 꿨어. 내가 일어나 걸을 수 있대. 꿈에서 본 달력 날짜가 다음 주야."

마치 그 일이 당장이라도 일어난 것처럼 들떠서 해맑게 웃는 수경을 제대로 쳐다보지 못했다. 나는 너무나도 잘 알고 있으니까. 그녀가 기대하는 그 일이 내가 아는 이 세계에선 절대 일어나지 않을 거라는 걸.

그 찰나의 순간 탄식과 함께 말로는 도무지 설명할 수 없는 깊은 공허를 느꼈다. 사랑하는 사이로 만나 이렇게 오랜 시간을 함께하며 서로 없이는 살아갈 수 없을 것만 같았는데, 우리는 어느새 다른 것을 보고 다른 것을 느끼며 다르게 살아가고 있구나. 시간의 야속함만이 병실을 채웠던 그날, 그녀의 세계에 나는 없었고 나의 세계 어디에서도 그녀를 찾을 수 없었다.

결국 수경이 한 주를 기다려 소망한 그날이 다가왔지만, 예상한 대로 아무 일도 일어나지 않았다. 아침에 눈을 뜨면서부터 잠들기 직전까지 희망을 놓지 않았던 수경이었지만, 잠에 들 무렵 풀이 죽은 모습을 표정에서 읽을 수 있었다. 그 순간에도 나는 그녀에게 아무 말도 해주지 못했다.

꿈으로 괴로웠던 것은 수경만이 아니었다. 언젠가 병원 생활 초기, 잠시 잠든 사이에 나는 꿈에서도 분주하게 수경을 돌보고 있었다. 쉴 새 없이 기침하는 그녀를 위해 석션으로 가래를 제거해주고 막힌 변이 나오도록 좌약을 넣고 배를 힘껏 눌렀다. 동시에 해야 할 일들이 줄지어 나를 기다리고 있어 마치 시험을 푸는 것처럼 초조했다. 그 긴박했던 상황에서 깼을 때 꿈이어서 다행이라고 생각했다. 그리고 한 숨 돌리다 침대 위에 누워 있는 수경을 발견했다. 안도감으로 올라갔던 입꼬리가 방향을 잃었다.

두 달 뒤, 나는 또 다른 수경의 꿈을 꿨다. 꿈에서 수경은 머리가 길어 어느새 단발 차림으로 나를 찾아왔다. 그녀를 위해 주선한 모임에 수경이 직접 걸어서. 다리는 떨리고 절었지만 한 걸음씩 내디뎌 스스로 걷고 있는 그녀를 보고 나는 반가움에 어쩔 줄 몰랐다. 당장 뛰어가 부축해 수경을 데려왔다. 수경이 입고 있던 옷은 쓰러진 날 입었던 옷과 같았다. 흰색 바탕에 검정 가로 줄무늬가 놓인 티셔츠와 짙푸른 색의 청바지.

시간의 흐름을 느낄 새도 없이 당장 그때로 돌아간 듯한 착각에 나도 모르게 웃었다. 그러나 그 상황이 꿈이라는 것을 깨달은 순간, 그 미소는 잔혹하리만치 차갑게 굳어버렸다.

수경이 꿈에서라도 자유로워지길. 날아다니며 뛰어놀며 넓은 들판을 마음껏 누리고 있기를. 넘치는 행복감에 겨운 꿈이 서서히 멀어지고 냉혹한 현실을 마주하더라도. 꿈의 잔상 속 행복을 더듬으며 기지개를 펴는 순간 몸이 말을 듣지 않더라도. 꿈에서 마주한 아름답고 선명한 순간들을 현실에서 누리는 날도 언젠가는 찾아오겠지. 고통에서 벗어나고 싶다는 단순한 열망이 아닌, 원래 자신이 꿈꿨던 진짜 삶의 모습으로. 책을 읽고 글을 쓰고 여행을 즐기며, 그토록 가고 싶어 했던 영국 런던 거리를 누비며. 참담한 현실이지만 꿈이 있어 수경이 버틸 수 있는 것은 아니었을까.

언제나 꿈과 삶의 위태로운 반복 속에서 그렇게 비밀스러운 하루하루가 소리 없이 시작되고 있다.

진심

그녀를 지키기 위해 버텼지만, 2년간의 치료와 노력에도 달라진 것은 없었다. 보통 뇌가 한 번 손상을 입으면 처음 3개월, 6개월, 1년의 시점을 치료의 중요한 분기점으로 여긴다. 1년이 지날 무렵부터 회복세는 둔화되어가다 2년이 지나면 뇌졸중 환자에 대한 치료 행위는 일반적으로 끝난다. 그 이후부터는 회복이 아닌 현상 유지나 퇴화 방지로 치료의 목적이 바뀐다. 수경의 회복 과정은 처음 3개월 의식불명 상태 이후 의식이 돌아오고 난 뒤 남은 1년 동안 반짝, 회복의 기대를 품은 게 전부였다. 치료를 시작한 지 만 2년이 다다를 무렵 주치의는 조용히 나를 불렀다.

"이제는 장기전이에요. 앞으로의 병원 생활은 수경 씨 치료에 맞추는 게 아니라 보호자 생활에 맞출 것을 제안드려요. 그래야 오래 갈 수 있어요."

정부의 의료 정책 방침상 재활 환자의 입원은 보통 3개월을 넘을 수 없었다. 목숨이 위태로운 중증 환자도 예외는 없다. 겉으로는 다른 대기 환자에게 기회를 주기 위함이라고 말하지만 숨은 뜻은 장기 입원 환자들이 정부의 치료 수가가 끊기는 데 있다는 걸 알았다. 결국 조금이라도 회복의 가능성을 가지고 서울에서 3개월, 길어도 6개월마다 매번 병원을 옮겨 다니는 치료 유목민이 되었고, 새로운 재활치료 방식에 적응할 참이면 또다시 병원을 옮겨야 했다. 어쩌면 주치의가 말해준 것처럼 허황된 회복을 위한 치료보다는 앞으로 오래 수경을 돌보는 방법을 선택해야 하는지도 몰랐다.

수경의 가족들과 깊은 고민 끝에 수경의 고향 청주로 내려가기로 결심했다. 그리고 그 이후의 시간은 너무나도 무섭도록 가속도가 붙었다.

가장 피하고 싶은 미래였다. 지난 시간을 떠올리면 때로는 나 스스로도 혼란스러웠다. 지금까지 수경 곁에 남은 진짜 이유를 답하기가 어려웠다. 수경이 쓰러지던 날 꼭 살려주겠다고 했던 약속을 지키지 못한 죄책감 때문이었을까? 그것도 아니면 수경이 떠나는 순간까지 그녀의 곁을 지키겠다고 굳게 결심했던 나 자신과의 약속 때문이었을까. 이제는 수경이 곁에 오래 남아주길 바라는 것인지, 아니면 빨리 떠나기를 바라는 것인지조차 알 수 없었다.

언젠가 한번은 병원을 방문한 친구를 붙잡고 절박하게 말했다. 이 생활이 2년 넘게 반복될 줄 몰랐다고. 이렇게 될 줄 알았다면 시작하지도 않았을 거라고. 처절한 외침이었고 끝없는 공포와도 같았다.

"어쩌면 나는 10년이 지나도 이 삶을 벗어나지 못할지 몰라. 숨 막혀 죽을 것만 같아."

이런 미래가 기다리고 있다는 걸 미리 알았다면 애초에 지금의 선택을 내리지 않았을 것도 같았다.

친구들은 그런 나를 안타까워했다. 측은하게 쳐다보는 눈빛으로 저마다 이유 있는 동정을 보냈다. 절망의 늪에 빠진 나를 건져내주고 싶어 하기도 했다. 그들의 마음이 무엇이었든 그 심정은 진심이었을 것이다. 주변 사람들은 그들 나름의 방식으로 나를 이해하려 했다. 내 위태로운 걸음을 맹목적인 격려로, 때론 걱정을 가장한 답답함을 이유로 내게 현실을 직시할 것을 요구했다.

10년이 지나고서야 조금씩 알게 되는 것이 있다. 사랑은 말로써 완성되는 것이 아니라 결심과 행동으로 이루어가는 과정이라는 것을. 매번 그리도 가볍게 소비되고 마는 '사랑'이란 말을 자주 써왔지만, 그 단어는 말로 표현될 때보다 행동으로 전달될 때 몇백 배 강력한 힘을 얻는다.

나는 내가 가장 두려워했던 미래를 마주하게 된 순간, 묘하게도 내가 내 선택을 후회하지 않는다는 사실을 알았다. 두려움과 불안, 고통에 몸부림쳤지만 언제나 결론은 한쪽으로 수렴했다. 허수경이라는 사람이 내 삶에서 분리할 수 없는 존재라는 것. 돌고 돌아도 나는 결국 같은 선택을 했을 거라는 것. 나는 내 앞에 놓인 미래를 받아들였다.

돌이켜보면 나의 결심은 대단한 것이 아니었다. 그것은 단지 내게 가장 소중한 사람을 과거의 기억으로 두지 않는 것. 여전히 그녀가 내 삶에서 가장 특별한, 미래를 함께 하고 싶은 유일한 사람이란 걸 부정하지 않는 것. 무너진 현실 속에서 느리지만 천천히 그녀의 세상으로 들어가는 것. 끝없이 내려가는 깊은 절망의 구렁텅이를 그녀와 함께 걷는 것. 사랑이라는 이름으로 누구나 하고 있는 일.

퇴원

서울에서 2년 동안의 치료 활동을 끝내고 청주로 내려오는 날, 앞으로 또 어떤 미지의 위협이 우리를 덮칠지 모른다는 걱정에 며칠 전부터 잠을 제대로 청하지 못했다. 서울에서 청주로 병원을 옮겨 내려가기로 한 결정은 지금까지 수경을 살리기 위해 분투했던 적극적인 치료 활동을 포기하겠다는 선언과도 같았다. 수경의 회복에 한계가 명확해졌다는 사실과 그 사실을 인정해야 하는 때가 바로 지금이라는 냉혹한 현실만 덩그러니 남았다.

수경이 재활치료에 간 틈에 수경의 아버지가 나를 조용히 불렀다.

"진휘 씨, 그동안 고생 많았어. 지금까지의 수고는 이루 말할 수 없지만 이제 우리가 청주로 내려가면 따라오지 마. 진휘 씨도 이제 자기 인생을 살아야지."

내게는 마치 이별 선고와도 같았던 한마디였다. 그동안 병원을 벗어난 이후의 삶은 상상하지 못했다. 2년 동안 수경의 곁에서 위태로운 병원 생활을 이어왔고, 그것이 내 삶의 전부였다. 내가 청주에 따라가지 않으면 홀로 남겨진 수경이 애타게 나를 찾지 않을까 불안했다. 그렇다고 가족이 아닌 이상 아픈 연인을 끝까지 책임질 수도 없고, 아무 연고도 없는 청주까지 무턱대고 따라갈 수 없는 노릇인 것도 분명했다. 나는 복잡한 심경으로 고개를 끄덕이며 말했다.

"그럼, 일단 주말에만 찾아갈 테니 당장 떠나라고는 하지 말아주세요."

서울에서 보낸 입원 생활의 마지막 날. 병실 수납장과 침대 밑에 놓아둔 물건들을 모두 정리했더니 짐이 한가득 쌓였다. 2년에 이르는 병원 생활에 살림살이가 이삿짐만큼이나 방대해져 있었다. 칫솔, 비누, 수건 같은 세면도구에서부터 이불, 담요, 베개들, 계절별로 걸쳤던 옷들까지 병원 생활의 역사를 보여주는 온갖 생활 물품과, 어디서 늘어났는지 모를 잡다한 물건들까지 일단 차에 실었다. 모든 짐을 차에 욱여넣고 나니 절박했던 지난 순간들이 손에 잡힐 것처럼 눈에 아른거렸다.

가족들이 분주하게 짐을 정리하는 사이 침대 위에서 주변을 살피던 수경의 눈에 조금씩 불안감이 스며들기 시작했다. 두렵기는 나도 마찬가지였다. 나는 지난 2년 동안 병원을 일곱 번이나 옮겨다니는 중에도 피할 수 없는 예비군 훈련을 제외하면 단 하루도 병원을 벗어난 적이 없었다. 2년이라는 긴 시간 수경이 있기에 병원은 나에게 집 이상의 의미를 가진 공간이었다. 그러나 오늘을 끝으로 우리는 처음으로 떨어져 각자 주어진 시간을 보내야 했다. 도무지 앞이 보이지 않는 뒤엉킨 미래. 어떻게 펼쳐질지 모를 미래 앞에서 이제는 각자 홀로서야 할 때였다. 함께 보듬어가며 보낸 나날이 길었던 만큼 새로운 도전을 위한 이별이 쉽지 않았다. 그러나 현실은 피할 수 없었으므로 수경과 하루 24시간 기쁨과 슬픔을 온몸으로 나누던, 매일매일 간절했던 날들은 이날로 1막이 내렸다.

응급차로 이동하면 수월하겠지만 그렇게 하지 않았다. 응급차를 타면 달리는 내내 수경이 침대 벨트에 꽁꽁 묶인 채 가족들과도 떨어져야 했다. 그래서 다소 위험할지 모르지만 수경의 아버지가 모는 승합차에 태워 가기로 했다. 아버지가 건설 현장에서 작업용으로 몰던 낡은 그레이스의 중간 자리에 수경을 들어 앉히고, 양옆에서 나와 수경의 여동생 은정이 수경이 넘어지지 않도록 그녀를 붙잡았다.

쓰러지고 나서 처음으로 떠나는 먼 길. 멀미까지 생겨 병원 근처도 쉽사리 벗어나지 못했던 수경에게 100km가 넘는 여정은 상상하지도 못할 도전이자 모험이었다. 온 가족의 보호 아래 수경을 태운 차가 서서히 이동했다. 수경은 멀어지는 병원을 마지막까지 눈에 담으려 애쓰는 모습이었다.

차량에 몸이 고정되지 않아 수시로 기우뚱거리면서도 수경은 호기심 가득한 눈빛으로 고속도로를 달리는 내내 차창 밖을 내다보기를 멈추지 않았다. 그러면서도 낯섦일까 두려움일까, 새로운 변화 앞에 수경의 어깨는 자꾸 움츠러들었다. 기대를 가득 안고 서울로 상경한 소녀가 몹쓸 병을 안고 좌절 끝에 고향으로 돌아가는 길이었다. 수경의 표정 속에 씁쓸함과 슬픔이 아련한 여운으로 묻어나는 것만 같았다.

수경과 함께 차로 달린 지 3시간. 어느덧 해는 지고 밤이 시작될 무렵, 새로 입원할 병원에 도착했다. 청주의 병원은 시설이나 장비나 여러모로 서울에 비해 열악한 환경이었지만 내가 관여할 수 있는 것은 없었다.

서울에서 지내며 가까워진 치료사나 익숙해진 모든 환경에서 한순간 뚝 떨어져 나와 낯설고 불편한 공간에 놓인 때문인지 수경은 계속 불안한 눈빛을 보냈다. 앞으로 이곳에서 만나게 될 의료진, 낯선 환자들의 시선, 차가운 침대와 쓸쓸한 속마음마저 수경에게는 모두 극복해야 할 대상이었다. 긴 여행을 마치고 녹초가 된 수경을 얼른 침대에 누이고 급한 대로 짐을 정리하고 나니 어느새 밤이 깊었다. 갑자기 달라진 공기에 우리는 서로 말하지 않아도 알아차렸다. 이제 이별의 인사만 남았다는 사실을.

"지금까지처럼 내가 항상 옆에 있어줄 순 없겠지만 자주 찾아올게."

떠나려는 나를 바라보며 손을 뻗어 붙잡지도 못해 하염없이 울부짖기만 하는 수경을 보며 차마 더 이상 입을 열 수 없었다. 떨어지지 않으려고 발버둥치는 수경을 뒤로하고 돌아서는 내내 숨죽이고 슬픔을 삼켰다. 멀리에서까지 들리는 수경의 울음소리가 병원을 가득 채웠다.

서울로 돌아가는 시외버스 안. 10명 남짓 탑승한 승객들 사이, 들릴 듯 말 듯 숨죽인 흐느낌. 수경의 회복만을 위해 달려온 시간. 그 회복의 여정에서 이제 내 역할이 끝났다는 걸 깨닫는 순간이었다.

3부

복귀

나는 수경이 쓰러지기 전까지 그
녀가 살던 서울 그 집에 거처를 두고 새출발을 하기로 했다.
2년 동안 아무렇게나 방치된 집 문을 열고 들어갔을 때, 눈여
겨 살펴보지 않아도 상태가 심각하다는 것쯤은 알 수 있었다.
지난 여름 쏟아진 호우에 열린 창문 틈새로 비가 들이쳤는지
방바닥은 빗물이 휩쓸고 지나간 지저분한 얼룩이 가득했고
벽마다 곰팡이가 가득 피어 있었다. 의자 위 포개어 놓은 수건
에는 알을 깨고 나오려다 죽어간 하루살이 유충들이 그대로
박제되어 있었다. 고무장갑, 쓰레받기, 락스, 곰팡이 제거제
같은 청소 도구를 사 와서 오래된 집의 묵은 때를 벗겨냈다.

사람이 다시 살 수 있을 최소한의 환경을 갖추기까지 꼬박 일주일이 걸렸다.

청소는 끝났지만 그 다음이 문제였다. 병원에서 벗어나 갑자기 주어진 시간에 무엇을 어떻게 시작해야 할지 아무것도 손에 잡히지 않았다. 하지만 내 도움이 필요한 수경을 두고 얻은 시간인 만큼 허송세월하는 것은 수경에게 미안한 일이었다. 일단 미뤄둔 취업 준비에 다시 돌입했다.

우습게도 취업에 대한 걱정보다 취업 이후의 삶이 나와 수경을 갈라서게 만들지도 모른다는 불안이 엄습했다. 우리 사이에 현실 감각과 논리가 들어서게 되는 순간 나 스스로도 지금의 관계를 이어나갈 자신이 없었다. 그래도 수경과 오래 함께 할 수 있는 방법을 찾을 때까지 다른 묘책은 떠오르지 않았다. 결국 먼지 묻은 대학 전공 서적을 꺼내고, 영어 자격증을 준비하고, 모처럼 과거의 익숙한 모습으로 돌아가보려고 애썼다. 수경이 쓰러지기 전 자신감 넘쳤던 그때의 내 모습으로.

한편 무리하게 고향에 데려온 탓일까. 이전에 없던 증상으로 수경의 건강이 악화되기 시작했다. 수경은 팔과 다리의 원인 모를 저림 증상으로 고통받고 있었다. 24시간 뻣뻣하게 힘이 들어가는 팔다리의 통증으로 새벽에도 잠을 이루지 못해 괴로움을 호소하는 날이 이어졌다. 원인을 찾기 위해 이 병원

저 병원 수소문하며 해결 방법을 찾아 헤매고 다녔다. 결국 주말 중 하루 수경의 병원을 찾는 일이 이틀이 되고 사흘이 되더니 어느덧 나흘까지 늘어났다. 서서히 내 생활은 다시 이전처럼 돌아가려 하고 있었다.

이듬해 열린 공채 시즌, 그 당시 취업 경쟁은 목숨 건 사투를 방불케 할 정도였다. 다른 사람들이 취업에 임하는 각오를 볼 때면, 원하는 자리를 차지할 수 있다면 방해되는 누구라도 밟고 올라설 태세였다. 그런 전투적인 분위기에서 비껴나 있던 나는 빼곡한 질문들로 나를 설명하길 강요하는 자기소개서 앞에서 초라해졌다. 얼마 전까지의 나 자신을 도무지 설명할 길이 없었다. 꿈꾸는 미래를 위해 지금까지 달려온 길이 오직 아픈 연인의 병간호였다는 걸 완벽한 타인들에게 어떻게 설명할 수 있을까? 그마저도 결국 실패한 허황된 노력에 불과했다는 것을. 열정적으로 공채에 임하는 수십만 명의 지원자들 사이에서 나는 어울리지 않는 낙오자 같았다.

그런 내가 국내 일류 대기업 그룹사의 서류 전형을 통과했을 때 그저 의아하기만 했다. 인적성검사에 해당하는 직무적성평가 시험 당일, 결전에 임하는 지원자들 틈에 섞여 시험장에 입장하면서도 나는 내가 이질적인 존재라고 느꼈다. 어떻게 시험을 치렀는지 기억나지 않을 정도로 무미건조하게 시험을 마친 뒤, 모두가 나가길 기다렸다가 시험장을 빠져나왔다. 남들처럼 사는 게 가능할까, 아니 평범한 직장인의 삶이 가당키나 한 것일까. 끊임없이 고민해봐도 미래는 불투명하기만 했다.

그러던 중 시험 쳤다는 사실도 잊어버린 가운데 발표날이 다가왔고 병원에서 수경을 돌보다가 뒤늦게 결과를 확인했다. 노트북 화면에는 내 수험번호와 함께 '직무적성평가 합격'과 '면접 시험 안내' 같은 낯선 단어들이 나열되어 있었다. 그 글자들은 내가 아닌 다른 누군가를 향한 것만 같았다. 예전의 나라면 모를까 지금의 나와는 너무나 동떨어진 세계를 가리키고 있었다.

면접은 총 3가지 시험으로 진행됐던 것으로 기억한다. 전공 면접, 창의성 면접, 임원 면접. 전공 면접은 평소에 관심을 가지고 있던 주제에 대한 질문들이 나와 어렵지 않게 대처할 수 있었다. 창의성 면접도 내가 제시한 어설픈 아이디어가 의외로 면접관들의 칭찬을 받으며 순조롭게 전개됐다. 마지막 관문인 다대일 임원 면접에서도 엄격한 질문들에 당황하지 않고 무난하게 대답을 마쳤다. 그런데 면접 시간이 끝나갈 무렵, 한 임원이 내 원서를 주의 깊게 훑더니 내게 물었다.

"지원자 자기소개서를 보니 병원에서 간호 생활을 했다는 데 이게 맞나요?"

가장 피하고 싶었던 질문이었다.

"네, 여자친구 건강이 좋지 않아 제가 직접 돌보고 있습니다."

면접장이 술렁이는 사이 또 다른 면접관이 질문을 이어받았다.

"합격하게 되면 아마 병원에 가기 힘들어지고 선택을 해야할 텐데 그땐 어떻게 하실 생각인가요?"

나는 잠시 당황했지만 망설이지 않았다.

"실은 섣불리 결정하기 어려운 사안이라 회사에 다닐지 말지는 합격한 이후 신중하게 고민하려고 합니다."

예상 밖이었을 내 대답에 면접관들의 얼굴에는 당혹감이 스쳤다. 이 회사에 합격하기 위해서라면 거짓 각오도 서슴지 않을 만큼 절박하게 면접에 임하는 지원자들 사이에서 나는 가장 형편없는 면접자였다. 결국 결과는 예상한 대로 최종 탈락이었다. 허탈했지만 한편으로는 안도했다. 적어도 수경 곁에 조금 더 남아 있어도 된다는 명분이 생겼으니까.

그로부터 또다시 2년이 흘러 수경은 병원 생활을 완전히 청산하고 집에서의 자가 치료로 넘어가게 됐다. 이제 병원을 전전하는 대신 한곳에 정착하게 된 것이다. 그렇게 가족들과 함께 돌아가길 원했던 집으로. 수경을 위해 그녀의 명의로 된 조촐한 공공 임대 아파트도 얻었다. 또 한 번의 변혁기였다.

퇴원 후에도 수경은 여전히 손끝 하나 움직일 수 없지만 자립하기 위해 애썼다. 주중에는 집에서 가까운 병원을 방문해 통원 치료도 받고 방문 치료도 받았다. 낯설기만 했던 활동 보조 도우미 분들에게 자신의 몸을 내맡기기에도 주저하지 않았다. 변화를 두려워하지 않고 다음 단계로 나아가기 위해 노력하는 수경을 보며 나는 그제야 마음을 다잡고 진짜 취업을 결심했다. 나를 평가하는 냉철한 시선 사이에서 내 경제적 값어치를 증명하는 건 여전히 어려운 일이었지만 언제까지나 회피할 수는 없었다.

그렇게 찾은 곳이 한 언론사였다. 수경의 영향일까? 준비가 되면 수경의 이야기를 글로 풀어내겠다는 생각으로 신문사에 지원했고, 다행히 그곳에 적을 두게 되었다. 매일 기사를 쓰고 글을 다루며 언젠가는 그녀 대신 미완의 이야기를 완성하겠다는 일념으로 시간을 보내왔다. 하지만 내게는 여전히 생소하기만 하다. 글을 쓰고 싶어했던 사람은 수경이었는데 정작 내가 글을 쓰며 살아가고 있다는 것이.

이름 앞에 '기자'라는 타이틀이 붙은 지도 어느덧 5년이 지났다. 사회인으로서의 내 모습에도 익숙해지기 충분한 시간이지만 한 가지 해결되지 않은 것이 있다. 사회 생활이 시작되면 수경의 일들로 인해 겪은 아픔이 조금은 무마될 줄 알았다. 하지만 냉혹한 사회 생활은 내가 겪는 어려움 위에 과중한 업무 부담이 얹혀 또 다른 괴로움의 층을 쌓을 뿐이었다.

일을 시작하면 내가 달라지지 않을까 했던 불안도 그저 기우였음을 알았다. 오히려 부인할 수 없는 사실만 거듭 확인했다. 이미 내 뿌리가 수경이 있는 자리에 깊이 자리하고 있다는 사실을. 가끔은 사회가 내게 바라는 모습을 하고 가면 뒤에 나를 감춘 채 살아가지만 그게 전부가 아니라는 사실을. 내 진짜 모습은 수경을 만나는 주말과 함께 시작된다. 수경과 함께하는 때야 말로 진짜 나로 돌아가는 시간이다.

기억

아버지의 직업은 평범하지 않았다. 지금에 와서 그 일을 직업이라고 부를 수 있을지 여전히 잘 모르겠지만 아버지는 자신의 일을 사랑했다.

아버지는 교회 관리인이었다. 그가 걸어 다닐 때마다 항상 주머니에는 수십 개의 열쇠 꾸러미가 서로 부딪히며 묵직한 쇳소리를 냈다. 쉴 틈 없이 교회 건물 곳곳을 돌아다니며 문단속을 하고 정비를 하고 청소를 하고 전기 배선도 직접 고치고 페인트 칠과 차 운전까지 해야 하는, 24시간 365일 일하는 고된 노동자였다. 그렇게 일하면서도 일터에는 제대로 앉아 쉴 곳 하나 없어 좀처럼 쉬지 못했다.

가끔씩 교회 사람들의 냉랭한 시선을 느꼈다. 교회 청소부 정도로만 여기는 그들의 눈빛에서 아버지를 향한 경멸의 빛을 발견했다. 때때로 아버지를 노예처럼 부리려는 사람들 앞에서 아버지는 유독 어깨가 좁아지고 허리가 낮아졌다. 그 모습을 따라 아버지가 고개를 조아린 어른들에게 나도 허리를 굽히고 다니는 습관이 생겼다. 어린 시절 내가 처음 마주한 세상은 냉혹했다.

어머니도 밤 늦게까지 일거리가 줄지 않는 아버지 곁에서 함께 일했다. 교회 화장실 청소와 쓰레기 정리까지 쉴 틈이 없었다. 아버지가 겪는 수모도 같이 견뎠다. 두 사람이 일한 급여로 한 사람 몫의 푼돈이 나왔지만 아버지와 어머니는 일할 수 있어서 감사하다는 태도를 잊지 않았다. 부모님을 바라보며 어른들의 세계는 이해할 수 없는 비밀투성이라고 생각했다.

지독히 더웠던 어느 여름, 폭우가 지나간 어느 날. 비바람이 교회 지하실을 비집고 들어왔다. 아버지와 어머니는 늦은 밤에도 걸레를 챙겨 교회 지하로 향했다. 발목 깊이로 잠긴 지하에서 빗물을 맨손과 걸레로 밤새 퍼 담아 올렸다. 부모님에게 도움이 되고 싶어 어린 손으로 남는 걸레를 하나 집었다. 무릎까지 차오른 빗물에 허우적거리며 그저 조금이라도 빨리 축

축한 밤이 지나가기만을 바랐다.

위험천만한 순간도 많았다. 아버지가 기다란 사다리를 타고 교회 본당 천장에 달린 전등을 교체하다가 발을 헛디뎌 떨어진 적이 있었다. 어딘가 몸이 부러지고도 남을 사고였음에도 불구하고 아버지는 다음 날 다리를 절뚝이며 다시 교회로 향했다. 한번은 한겨울에 4층 높이 건물 위에 설치된 물탱크가 터지는 바람에 한밤중에 옥상에 올랐다가 얼어붙은 천장에서 미끄러져 그대로 굴러 떨어졌다. 옥상 경사를 타고 구르는 동안 이대로 삶이 끝나는가 싶던 아버지는 온몸을 던져 간신히 옥상 난간에 매달려 살았다. 어린 내 눈에 세상은 온통 아버지의 목숨을 위협할 일들로 가득했다.

부모님이 부끄러웠던 순간도 여럿 있었다. 초등학교 1학년, 처음으로 사귄 친구를 집에 데려온 날, 아버지와 어머니는 색 바랜 앞치마와 고무장갑을 양손에 착용하고 교회 옆 마당 분리수거장에서 나보다도 몸집이 큰 쓰레기통을 뒤적이고 있었다. 오물을 뒤집어쓴 듯 두 사람에게서 고약한 악취가 진동했다. 친구는 머뭇거리며 부모님께 고개를 숙여 인사했다. 그날 이후 나는 한동안 친구를 집에 초대하지 않았다.

일주일에 한 번씩 목욕탕에 갈 때면 아버지의 녹슨 자전거는 뒷자리에 형과 나를 나란히 태우고 달렸다. 아버지는 자전거 뒷자리에 아이 두 명이 넉넉히 앉을 수 있도록 커다란 나무 판자를 덧대어 고무줄로 감아 놓았다. 내가 다니던 학교 앞을 지날 때면 어김없이 아버지 등에 얼굴을 파묻었다. 누군가 알아보기라도 하면 안 될 것처럼. 간혹 자전거 뒤에 타고 가다 아는 얼굴과 마주친 날이면 다음 날 학교 가기가 겁이 났다.

어린 나이에도 아이들은 영악했다. 본능적으로 부모의 재력으로 서열을 매겼다. 학교 쉬는 시간에 친구들이 모여 각자 부모의 차종을 자랑할 때면 나는 조용히 몰래 화장실에 숨어 있다 나오곤 했다. 아버지의 고물 자전거를 친구들 앞에 말할 용기가 없었다.

무거운 현실이 가족을 에워싸고 있었지만 함께하는 시간만큼은 조금도 슬프거나 낙담하지 않았다. 아버지의 우스꽝스러운 춤을 따라 추며 맨손체조를 흉내 내곤 했다. 좁은 방에서 네 식구가 모여 잠을 자고 식탁을 펴고 식사를 나누며 함께 온기를 나누는 그런 일상이 좋았다.

화장실도 없는 교회 사택에 살면서도 불편한 줄 몰랐다. 집 안에서 요강을 사용하다 한밤 중 큰일을 봐야 할 때면 어둠을 뚫고 교회의 야외 공용 화장실로 달려가야 했다. 그렇게 사는 것이 당연하다고 여겼다.

어느 날 깊은 새벽, 속삭이는 소리에 잠을 깼다. 새벽기도 차량 운행을 나가기 전, 나를 향한 아버지의 조용한 기도 소리였다. 흠칫 놀랐지만 눈을 감은 채 아버지의 기도가 끝날 때까지 가만히 기다렸다. 이윽고 이어지는 어머니의 기도 소리. 그날 알게 되었다. 매일 새벽 같은 시간, 두 분은 자녀를 향한 기도로 어둠이 가시지 않은 하루의 시작을 열었다는 것을.

교회 안에서 모진 일로 어깨가 움츠러든 아버지에게 나는 자랑거리였다. 초등학교 3학년 때 전국 각지에서 또래 학생들이 출전한 성경고시에 참가해 부산 지역에서 금메달, 영남 지역에서 금메달을 거쳐 최종 서울에서 열리는 전국 대회까지 참가하게 된 것이다.

전국 대회 시험날에는 인솔 교사 대신 아버지가 동행했다. 아버지를 따라 난생 처음 기차를 타고 경상남도 끝에서 머나먼 서울로 향했다. 어머니와 떨어져 처음으로 아버지와 단둘이 보낸 시간이었다. 서울역을 나와 아버지 손을 잡고 시험장으로 향하는 길, 아버지 걸음에 나보다 더한 긴장감이 역력했다. 평소 밖에서 돈을 잘 쓰지 않던 아버지가 팥빙수를 사 주셨다. 생애 처음 맛본 팥빙수였다.

나는 전국에서 모인 똑똑한 아이들 사이에서 당당히 은상을 수상하고 돌아왔다. 내가 사람들에 둘러싸여 박수갈채를 받을 때 아버지는 어느 때보다 자부심이 넘쳐 보였다. 그 이후에도 내가 6학년까지 매년 연달아 성경고시에서 상을 받고 돌아올 때마다 교회에서 울리는 내 이름과 축하 인사를 전해 듣는 아버지의 입가에 감추지 못한 미소가 번지는 것을 보았다.

28년. 젊음을 대가로 일하고 은퇴하는 날까지 안전과 건강을 보장할 어떠한 제도적 장치도 없었지만 그곳에서 부모님은 삶의 뿌리를 내리고 터전을 일궜다. 그러나 일생의 처음이자 마지막 박수를 받으며 단상에서 내려오던 두 분의 조촐한 은퇴식에 작은 아들의 자리는 비어 있었다.

어느 날 잠에서 깨 눈을 떴을 때 영원히 재생될 것만 같았던 순간들이 모두 끝났다는 사실을 깨달았다. 장면 전환이 멈추고 뇌리에 선명하게 남아 있던 기억들은 이내 어딘가로 흩어졌다. 시간은 야속하게 흘러버렸다. 중간에 멈춰 세우는 법을 잊었다. 어느새 더 이상 과거를 기억할 줄 모르는 어른이 내 마음 안에 자리잡았다. 세상은 냉정했고 매 순간 선택을 강요받는 인생은 잔인했다.

공포

       수경과 병원 생활을 하던 때의 암흑 같았던 마음을 기억한다. 그 당시 병원 생활이 길어질수록 수경과 나는 고립된 채 평범의 세계에서 조금씩 멀어졌다. 세상은 빠르게 움직이며 변화를 향해 나아가지만 그곳에 우리가 설 자리는 없다고 느꼈다. 세상이 너무 쉽게 우리를 지나쳐 간다고 생각했다. 낯선 곳에서 조용히 죽어가도 아무도 모를, 우리는 산 자도 죽은 자도 아닌 그저 경계에 걸친 존재들 같았다. 내일을 생각할 수 없는 암울한 현재가 나를 매일 불안으로 집어삼켰다. 눈을 뜨면 병원에서의 똑같은 풍경, 똑같은 인상, 똑같은 하루. 조금도 달라질 것 없는 오늘뿐이었다. 매일 아침

질식할 것 같은 고통만 되풀이하며 엄습했다.

불 꺼진 병실에서 깊게 잠든 수경을 바라보고 있으면 그녀에게서 이미 생명의 기운이 달아난 것만 같았다. 여린 호흡이 귓가에서 멀어지고 지나온 삶의 뜨거운 흔적마저 더 이상 전해지지 않았다. 그런 때면 나는 차라리 그 순간이 마지막이길 바랐다. 수경은 이런 삶을 어떻게 받아들이고 있을까. 매일 아침 눈 뜸과 함께 반복되는, 애써 외면하게 되는 현실. 희망의 의미가 사라진 잿빛 세상. 영원히 깨어날 일 없는 무의 세계. 매일 아침 그녀가 속한 세상은 내가 닿을 수 없는 너머에 있다는 사실만 거듭 확인했다.

그 당시 수경 곁에서 내 삶도 하루가 다르게 무너지고 있었다. 그녀를 구하겠다고 무턱대고 병원 생활에 뛰어들었으나 한낱 용기만으로는 버틸 수도 돌아나올 수도 없다는 사실을 깨달았다. 빛조차 집어삼킨 흑암 깊숙이 가라앉는 수경 앞에서 내가 할 수 있는 건 단지 그녀와 함께 한없이 아래로 가라앉는 것뿐이었다.

수경은 경기를 일으킬 때마다 견디지 못할 통증에 괴로워했다. 뻣뻣하게 힘이 들어가는 관절과 정반대로 심장 소리는 점점 약해져 갔다. 손에 잡힐 듯한 공포가 매일 내게도 찾아왔다. 이 시간 끝에 우리를 기다리고 있을 미래가 무엇인지 떠올리다 보면 잔인한 상상이 나를 괴롭혔다. 누적된 무력감이 극도로 팽창해 심장이 터질 것 같은 날도 많았다. 눈앞에 닥친 현실을 마주할 때마다 나도 모르게 두 눈을 질끈 감고 나를 조여오는 현실에서 도망치고 싶었다.

때때로 마음속 갈망이 만들어낸 장면이 눈앞에 펼쳐졌다. 수경이 긴 갈색 머리 위에 모자를 쓰고, 여행을 갓 마치고 돌아온 듯 검게 그을린 피부로 다가와 나와 함께 달린다. 따뜻하고 부드러운 손길. 처음 내게 찾아왔던 그때 그 모습으로.

수경이 건강했을 때 종종 내게 건네던 말이 있다.

"우리는 함께 죽는 거야. 혼자 살아남는 건 배신이야."

장난처럼 스스럼없이 꺼내는 그 말에 소름이 돋곤 했다. 하지만 웃으며 넘기는 수경의 표정 속에서 숨겨진 진심을 발견했다. 다른 날 태어나 다른 모습으로 살아왔지만 어느 날 서로를 만나 같은 미래를 꿈꾸며 한날한시에 눈감는 우리이기를 바라는.

수경은 죽음을 동경하기도 했다. 그녀에게는 살아야 할 이유만큼이나 죽음에도 이유가 필요했다. 그녀에게 죽음은 마치 삶을 완성시키는 마지막 열쇠 같았다. 삶을 위해 죽음을 기억한다는 오래된 그 말이 그녀에게는 단순한 말뿐이지 않았다.

그런 죽음이 그 자체로, 실제로 어느 때보다 가까이 그녀 주위를 맴돌고 있었다. 수경은 어떤 마음일까. 우스개처럼 말했던 함께 죽는다는 것은 여전히 유효할까. 그 당시 너무 지쳐버린 나는 수경 가까이에 서 있던 죽음을, 그 차가운 손을 내가 먼저 잡는 것이 나을지도 모른다고, 그렇게 우리가 이 고통으로부터 벗어나 평안에 이를 수 있을지 모른다고 생각하기도 했었다.

그때로부터 시간이 흘러 얼마만큼의 상황은 달라졌지만 여전히 죽음은 그녀 곁에 머물고 있고, 무거운 신체에 짓눌려 삶의 목적을 잃은 그녀의 하루는 그때와 마찬가지로 힘겹게 시작한다. 눈을 뜸과 눈을 감음. 수경이 처한 세계의 구분은 오직 그 차이뿐이다. 매일 머리끝에서 발끝까지 온몸이 더 이상 자신의 것이 아니란 사실을 마주한다. 간직해왔던 모든 꿈은 하루아침에 산산이 부서져버렸고 가늠할 수 없는 절망과 고통은 일상이 되었으며, 그렇게 천천히 세상과 멀어져왔다.

오늘도 수경은 온 힘을 다해 눈을 뜨고 세상을 연다. 그렇게라도 이곳에 속하길 원했던 절박한 몸짓으로. 아침 햇살과 함께 또다시 찾아온 무기력한 하루가 이제 불편하지만은 않은 듯이. 마지막 호흡을 다하는 날까지 운명을 받아들이기로 한 것처럼.

매일 아침 눈을 뜨며 속박된 세계에 갇혀 있음을 확인하기를 수천 일. 어떤 내일이 우리를 기다리고 있을지 아는 것은 더 이상 중요하지 않다. 그렇게 세상의 변두리에서 우리는 오늘도 조용한 하루를 맞는다.

선택

언젠가 그 사람이 내게 말했다.

"진휘 씨는 왜 그렇게 살아요? 그 정도면 할 만큼 했어요. 이제 그만 다 내려놓고 진휘 씨도 행복한 삶을 찾았으면 좋겠어요."

나를 붙잡고 말하는 그 사람의 눈가에 안타까움의 흔적이 맺혔다. 행복. 언젠가부터 내게는 생소한 단어였다. 제3자의 시선에 보이는 그 행복의 길이 왜 내겐 보이지 않는 걸까. 나도 궁금했다. 왜 나는 스스로 이 고통 속에 나를 묶어두고 벗어나지 못하는 것인지.

수경과 함께 병원에서 기거하던 때, 나는 이미 불행의 늪에 빠져 더 이상 손쓸 도리가 없다고 여겼다. 짧았던 행복의 순간은 모두 지나가버렸고 내게 남아 있는 것은 없다고. 어디로 흘러갈지 모를 앞날에 대한 두려움이 그 당시 내가 가진 전부였다. 마음의 문은 굳게 닫혔고 고독이 나를 집어 삼켰다. 매일 아침 눈을 뜨면 실체화된 공포가 내 목을 졸랐다. 질식할 듯한 공포 속에서 무거운 몸을 일으키고 버텨내는 것 말고는 할 수 있는 게 없었다.

병원 생활이 길어지면서 수경과의 사이에도 보이지 않는 벽이 세워졌고, 그 벽은 시간이 지날수록 두꺼워져 갔다. 수경을 돌보고 있지만 조금의 대화도 없는 완전한 침묵 속에서 우리는 서로를 빈 공간을 채우는 무엇 정도로만 여겼는지도 모른다. 끝을 알 수 없는 절망 앞에서 더는 답답함을 늘어놓는 것조차 무색해졌다.

이대로 끝인 걸까? 아니면 다른 선택을 내려도 되는 걸까? 수경이 아닌 다른 사람을 연인으로 맞고, 사랑하고, 결혼하고, 아이를 낳고 기르다 나이가 들어 후회 없이 세상을 떠나는 삶, 누구나 꿈꾸는 그런 평범한 일생이 가능할까? 마음 깊숙이 자리 잡은 비밀한 공간을 억지로 비워내고 다른 누군가를 들일 수 있을까?

수경을 붙들고 있을수록 내게 돌아올 미래는 고통뿐이란

것을 잘 알고 있었다. 그러나 수경에게서 돌아설 용기가 없었다. 어쩌면 나의 이기적인 이유 때문인지도 몰랐다. 이대로 수경의 곁을 떠난다면 나 자신을 결코 용서할 수 없을 것 같았다. 그녀를 버리고 다른 사람을 만나 다른 사랑을 하고 다른 삶을 산다고 한들 떳떳할 자신이 없었다. 오히려 수경을 저버렸다는 후회를 안고 살아갈 것이, 그녀를 절망 속에 홀로 내버려뒀다는 죄책감으로 나 자신을 용서하지 못한 채 평생 불행할 게 뻔했다. 막다른 골목. 수경을 지키기로 한 내 결정은 행복의 선순위가 아닌 불행의 후순위였던 걸까?

그렇게 내가 무너져가면서도 수경에게는 내 괴로운 심정을 드러내지 않기로 했다. 수경 앞에서 웃음을 잃지 않겠다는, 그보다 최소한 심각한 표정은 짓지 않겠다고 다짐했다. 인생 자체를 잃어버린 장본인 앞에서 그녀의 괴로운 현실을 다시 끄집어내는 실수만큼은 피하고 싶었다. 그녀 앞에선 슬픈 표정을 짓는 것조차 내게는 사치 같았다. 그러나 그 결심을 계속 지켜나가기란 힘들었다. 점점 말을 꺼내는 일이 줄었다. 규칙과 통제만이 가능한 병원이라는 공간에서 기계적인 간호 행위만 이어질 뿐, 반복되는 일상에 지쳐 내 입은 무거워졌다.

주위에서는 그런 나를 구해내려고 했다. 망가진 연인보다 내게 더 어울릴 만한 상대를 주선하겠다며 부질없는 일에 갖은 노력을 들였다. 실제로 등 떠밀려 소개 자리에 나가기도 했다. 다섯 번의 어색한 식사가 이어지는 동안 자연스럽게 수경과의 추억을 늘어놓는 나를 멍하니 바라보던 상대방은 이내 연락을 끊었다. 그리고 내 위태로운 생활을 가까이에서 지켜본 이들 중에는 그 사람도 있었다.

"진휘 씨, 수경 씨와 헤어지란 말은 하지 않을게요. 나만 믿고 따라와요."

느닷없이 내게 사랑을 고백한 사람. 그 사람은 이런 나를, 내 상황을 이해해주겠다고, 내가 수경을 돌보는 일을 존중한다고 말했다. 수경을 돌보러 가는 시간을 방해하지 않겠다고, 단지 자신에게 조금만 더 관심을 가져주고 시간을 내달라고, 괴로움에 허덕이는 내게 도움이 되는 존재이고 싶다고 했다.

내가 흔치 않은 심성을 지닌 사람이라고 생각했던 걸까. 고통에 몸부림치는 나를 건져내고 싶다는 모성애적인 착각이었을까. 그것도 아니면 인생을 바칠 정도의 진심 어린 사랑이 자신에게도 향할지 모른다는 막연한 기대였을까. 어쩌면 이성으로는 도무지 이해되지 않는 내 일방적인 사랑의 줄다리기를 시험해보고 싶었는지도 모른다.

극도로 마음이 지쳐 있던 나는 수경 몰래 그 사람과 잠깐 비밀스러운 만남을 가졌다. 어쩌면 그때 수경을 벗어날 핑계

거리를 찾고 있었는지도 모른다. 점점 위태로워지는 이 여정에 나도 자신할 수 없는 내 진심을 확인하고 싶기도 했다.

그 사람은 젊고 아름다웠고, 건강했다. 전문직에 종사했고 성격도 당찬 사람이었다. 외부의 시선으로 봤을 때 아픈 수경과 비교하기가 미안할 만큼 전혀 손색없는, 내게 과분한 사람이었다. 하지만 단 한 가지가 계속해서 나를 괴롭혔다. 그 사람이 수경이 아니란 사실이.

세상 그 누구도 수경을 대신할 수 없다는 것을, 어느 누구도 나와 수경이 보낸 시간과 우리가 간직한 약속들을 대신할 수 없다는 것을, 그 사람을 만날수록 알았다. 그 사람과 함께 있는 시간은 아무리 노력해도 마음이 편하지 못했다. 오히려 수경이란 존재의 무게만 커졌고, 어색한 만남이 지속될수록 어느 쪽에도 말 못 할 괴로움만 늘었다.

시간이 조금 지나자 그 사람은 처음 이야기와 달리 내가 수경을 놓지 못하는 이유를 이해하지 못했다. 병실에 하루 종일 누워만 있는 아픈 수경을 향한 의도치 않은 질투심과 나에 대한 서운함을 표현하기도 했고 화를 내기도 했다. 예상하지 않았던 것은 아니었다. 아마도 시간이 흐르면 내가 달라지리라는 기대를 했을 것이다. 변하지 않는 나에 대한 야속함만큼이나 스스로 괴롭지 않았을까.

한번은 그 사람과 단둘이 바다를 보러 간 적이 있다. 병실에서 지내며 피폐해진 내가 안타까웠던 탓인지, 아니면 몸이 멀어지면 마음도 멀어질 것이란 생각에 나를 병실로부터 떨어뜨려 놓고 싶었던 것인지 알 수 없지만, 그 사람은 내게 바다를 보러 가자고 졸랐다. 수경이 아닌 다른 이와 떠나는 여행이 불편했던 나는 수차례 거절 의사를 표현했지만 간절한 부탁을 마지막까지 외면하지 못하고 결국 그 제안을 받아들였다.

* * *

"진휘 씨, 이거 한 번 먹어 봐. 이 근방에서 제일 맛있는 새우 요리집이래."

아름다운 풍경을 눈앞에 두고 아무리 고급스러운 해산물 요리를 먹어도 마음의 공허감은 채워지지 않았다. 눈앞의 사람이 애쓰고 있다는 걸 아는데도 응해주지 못했다. 윤슬이 반짝이는 에머랄드빛 파도를 바라보면서도 아무것도 느낄 수 없었다. 마음이 몸을 따라오지 못했다. 몸이 병원으로부터 수백 킬로미터 밖으로 멀어졌음에도 온 신경이 회색빛 병실 주변을 서성거렸다. 발 디디고 있던 폐허를 견디지 못해 도망쳐

나온 곳이 그저 또 다른 폐허일 뿐이라는 생각에 나는 무참해졌다.

그 순간 눈앞으로 수경이 지나갔다. 해변에 어울리지 않는 환자복 차림으로 휠체어에 앉은 채로. 축 처진 눈꺼풀을 힘겹게 뜨고서 나를 바라보고 있었다. 무표정한 얼굴로 무언의 신호를 보내며 지나가는 그녀의 잔상이 눈앞에서 흔들렸다. 나를 향한 침묵의 외침이 귓가로 파고 들었다. 양손에 쥐고 있던 포크와 나이프를 내려놓았다. 내 맞은편에서 그 모습을 지켜보던 한 여인의 불안한 눈빛을 잊을 수 없다.

얼마 지나지 않아 결국 그 사람은 포기를 선언했다.

"당연히 나를 택할 줄 알았는데 내 착각이었어. 지금도 수경 씨를 포기하지 않는 그 마음을 알 순 없지만 둘 사이에서 이만 물러날게. 진휘 씨가 충분히 행복할 수 있는 사람이라는 것만 기억해줘."

오랜 시간이 걸리지 않아 위태로웠던 모든 것이 제자리로 돌아왔다. 그날 이후 내 삶을 수경이 아닌 다른 누군가로 채우겠다는 생각은 묻어두었다.

지금도 수경과 잠시 떨어져 보내는 시간이 있을 때면 가끔씩 저 멀리 어디에선가 익숙한 목소리가 들리곤 한다. 으앙,

하고 불편감을 호소하는 외마디 소리. 눈물을 떨구며 도와달라는 다급한 신음. 두렵다며 함께 있어달라는 절박한 울음. 일상을 깨는 그 모든 외침이 내게는 모두 단 하나의 소리로만 들린다.

"진휘야, 네가 필요해. 넌 내 전부이니까."

화해

"넌 특별한 아이. 아빠, 엄마의 자랑이란다."

매사에 영감이 풍부한 어머니는 어릴 적 내게 신비스러운 꿈 이야기를 들려주곤 하셨다. 이해력이 부족했던 나이였지만 어머니의 꿈 이야기는 언제 들어도 내 가슴을 두근거리게 만드는 힘이 있었다.

"네가 아직 잘 걷지도 못할 때 엄마가 널 업고 네 아빠, 네 형 환휘와 함께 널따란 논길을 지나고 있었단다. 굉장히 삭막한 땅이었어. 분명 논밭인데 심어 놓은 벼 하나 없이 온통 가뭄에 메마른 땅이었지. 그런데 갑자기 누군가 우리 가족을 불러서 돌아보니 땅 주인이었지 뭐야. 땅 주인이 말하길, 이 논밭을 경작하래. 아빠가 어떻게 이 큰 땅을 우리 힘으로 농사지을 수 있겠느냐고 물었어. 엄마도 막막한 심정은 마찬가지였지. 그런데 갑자기 심지도 않은 벼가 저절로 논에서 자라더니 노랗게 익어가지 뭐야. 고개를 돌려 오른쪽을 보니 포도나무가 덩굴째 자라 큰 포도농장을 이루고, 왼쪽으로는 광산이 생겨나더니 온갖 종류의 보석이 튀어나오는 게 아니겠어? 엄마는 본능적으로 알았지. 포도원은 네 형이고 광산은 바로 너 진휘라는 것을 말이야."

가족과 멀어지고 혼자가 되기로 결심했을 때, 희한하게도 어머니가 말씀해주시던 그 꿈 이야기가 생각났다. 벅차오르던 어머니의 생생한 표정도.

부모님과는 단절되고 어디에 뿌리를 내려야 할지 막막했던 시기에 오직 수경만이 내가 삶을 지탱할 유일한 의미였다. 그 당시 수경마저 잃는다면 내 삶에는 혼돈만이 남을 것 같았다. 지난 과거는 모두 잊고 주어진 상황에 적응해 살아남아야만 했다. 하지만 그조차 버거웠던 시간들이었다. 나를 지탱하기도 벅찼던 시간 속에서 수경을 위해 살아가는 삶은 위태로운 외줄타기와도 같았다.

물론 알고 있었다. 수경이라고 해도 다른 존재를 대신할 수 없다는 것을. 사랑이라 부르는 모든 것에는 각각의 의미와 역할이 따로 있다. 내가 수경을 사랑하기 위해 절박하게 매달렸던 그 순간에도 내 안에 채워지지 못한 결핍이 본능적으로 마음을 메말라가게 했다. 그 같은 결핍은 때론 소리 없는 분노로 표출되었다. 가슴속 원망을 풀어내야 했지만 현실은 그럴 상대조차 없었다. 죽어가는 연인 곁에서 방향을 잃고 완전히 고립된 한 사람만이 우두커니 남아 있었다.

그렇게 무미건조한 나날에 나를 내맡긴 지 4년 가까이 지났을쯤, 가족 없는 삶에 익숙해졌다. 나를 놓지 않으려는 수경과 마찬가지로 나 또한 그녀를 놓지 않기 위해 불안한 나날들을 보냈다.

그러던 어느 봄날의 오후, 어머니에게서 전화가 걸려왔다. 요즘 아버지가 많이 힘들어한다는, 은퇴하고 무기력하게 지낸다는 소식이었다. 아버지는 가끔씩 어머니에게 내 소식을 묻는다고 했다. 몇 달에 한 번 있는 연락이지만 내가 어머니와 전화 통화를 할 때면 아버지는 그 옆에 서서 가만히 듣고 있는 날도 있다고 했다.

"이제 그만 아빠와 화해하지 않을래? 아빠도 너와 대화하길 원해서."

"엄마가 왜 아빠 말을 대신 전해요? 그러려면 아빠가 직접 연락하셔야죠. 저는 못 믿겠어요."

오래전에 패인 상처는 더 깊이 곪았고 내 안에 세워진 벽은 더 높고 두터워져 있었다. 수화기 너머 들려오는 대답을 듣지 않고 끊어버렸다. 여느 때와 다름없었다.

또다시 몇 달의 시간이 흘렀다. 여름에서 가을로, 시간은 언제나처럼 기다려주지 않고 변화의 계절을 불러들였다.

수경의 재활치료가 한창이던 오후, 문자 한 통이 도착했다. 발신인에 예상하지 못한 이름이 찍혀 있었다. 바로 아버지였다. 문자 내용은 간략했다. 곧 다가오는 추석에 한 번 집으로 내려오지 않겠느냐는 질문이었다. 4년 만의 연락이라기엔 너무나도 덤덤했다. 그 문자 한 통에 한동안 마음이 번잡했다. 잊고 사는 게 나았다. 처음부터 내게는 없었던 사람이라고 여기는 것이 속 편했다. 그래야 기대하지 않을 수 있으니까. 다시 실망하는 일은 없을 테니까.

언젠가 아버지와 대화를 나누려고 수경을 병원에 두고 고향 집 앞까지 내려갔지만 거절당했던 기억이 불현듯 떠올랐다. 같은 일을 다시 겪는 것은 끔찍이도 싫었다. 불안하게 충수를 쌓아 올린 젠가처럼 이미 충분히 위태로웠던 내 마음에 더 이상 괴로움을 한 조각 더 얹을 여유가 없었다.

혼자 끙끙대던 문제를 조심스럽게 수경에게 꺼냈을 때 그녀의 반응은 예상 밖이었다. 흔쾌히 집에 다녀오라고 했다. 수경은 내가 부모님을 만나 묵은 감정을 풀고 오길 진심으로 바라고 있었다.

다시는 오지 않으리라 마음먹었던 집으로 향하는 길. 마음은 불안감으로 소용돌이쳤다. 온통 낯선 풍경이었다. 이사한 집 주소를 받아 들고 길을 헤매며 한참을 두리번거렸다. 지도를 따라 아파트 단지에 들어와서도 차마 발길이 떨어지지 않아서 한참을 벤치에 앉아 서성거렸다. 숨을 한 번 크게 내쉰 뒤 결심했다. 그리고 집으로 향했다.

엘리베이터에서 내려 집 호수를 찾아가 문을 열고 들어서자 머리가 새하얀 두 노인이 나를 맞았다. 마지막으로 봤던 부모님의 모습은 온데간데없이 사라져 찾을 수 없었다. 부쩍 수척해지고 주름으로 피부가 상한 두 사람이 힘없는 눈을 들어 나를 쳐다보았다. 아버지는 축 늘어진 어깨로 내게 다가왔다.

"그동안 고생 많았지?"

4년의 침묵을 깨고 나온 한마디였다.

더 이상 내 기억 속 두 분이 아니었다. 내가 장난치고 어리광부리던 두 분의 모습도 기억나지 않았다. 어른들의 시간은 왜 이토록 다르게 흘러갈까.

어머니는 내가 오기만을 기다리며 요리를 하고 계셨던 모양이었다. 어린 시절 자주 함께 먹던 갈치, 잡채, 오리구이, 버섯 낙지 전골과 각종 반찬이 상 위에 가득 차려져 있었다.

세 식구가 어색하게 둘러앉아 식사를 하는 동안 침묵 속에 숨소리만이 흘렀다. 아버지의 모습을 눈으로 힐끔 살폈다. 젓가락 쥐는 것도 예전 같은 기운이 느껴지지 않았지만 4년 전 마지막으로 남긴 무서운 인상만큼은 여전했다. 식사 도중 아버지가 천천히 입을 열었다.

"너도 애를 낳아봐야 알아. 그전엔 절대 몰라."

결국 서로의 입장 차이만 또다시 반복하게 되려나. 이러려고 나를 불렀을까. 괜히 왔나 하는 생각이 들던 찰나,

"처음엔 너를 이해하지 못했지만 네가 그 애와 어떻게 지내는지를 듣고 생각이 달라졌다. 요즘 여자친구 갈아치우기를 밥 먹듯이 하는 애들도 많은데, 네가 그 애를 진심으로 대하는 것을 보면서 그동안 내가 너무 진휘에게 심했구나 하고 생각하게 됐다. 그만 아빠를 용서해라."

아버지의 입에서 어울리지 않는 용서라는 단어가 나올 줄이야. 나는 아버지의 이야기에 아무런 답도 하지 못했다. 아니, 무슨 말을 해야 할지 몰라 입을 열 수 없었다. 그러나 마음에 굳게 닫힌 빗장이 한뼘 느슨해졌다는 걸 느꼈다.

* * *

다음 날 아침. 두 분과 부산의 한 바닷가를 찾았다. 상쾌한 바람과 함께 공중에선 갈매기가 기류를 타고 있었다. 인적 드문 해변 모래사장 위로 세 사람의 발자국이 남았다. 몇 년 만인지 모를 순간이었다. 양쪽에서 나란히 걷던 아버지와 어머니는 내 손을 잡았다. 마치 어린 시절의 나를 대하듯이.

"힘들 땐 혼자만 고민하지 말고 말하렴. 아빠도 이제 응원한다."

"엄마는 이런 날이 올 거라 믿었어. 넌 아빠 엄마의 보물이니까!"

바다로부터 짠기를 머금은 바람이 세차게 불어왔다. 마치 출발도 하기 전에 주저앉은 배에 새로운 출항을 알리는 신호처럼 느껴졌다.

그때 나는 어릴 적 내 마음을 사로잡았던 어머니의 꿈을 떠올렸다. 꿈은 마치 내가 직접 꾼 것처럼 선명한 이미지로 다가왔다. 그 꿈의 진짜 의미는 무엇이었을까? 이제 와서 돌아보는 것은 아무런 의미가 없지만 어머니의 꿈 이야기는 기억 한편에 오랜 흔적으로 남아 있다.

후회

익숙하고도 섬뜩한 울림이 멀리에서부터 들려왔다. 앰뷸런스 소리. 그 거친 소리에 길을 걷다가 화들짝 놀랐다. 또 다른 누군가의 인생에 찾아온, 되돌이킬 수 없는 파국을 알리는 신호. 그날 이후로는 길을 걷다가도 앰뷸런스 소리만 들려오면 심장이 얼어붙었다. 10년이 지나도 나를 짧게 스쳐지나가는 그 긴박한 소리는 가장 떠올리기 싫은 순간의 기억으로 나를 여지없이 되감아 놓는다. 일종의 트라우마다. 눈에 보이지 않아도 귀에 들리지 않아도 차 안 너머에서 필사적으로 싸우는 생명의 발버둥이 전해진다. 그 곁에서 일분일초가 아까워 뒤늦은 후회를 늘어놓아도 소용없다는 것을 경험한 사람은 알 수 있다.

언젠가 수경과 자주 걷던 길을 혼자 걷고 있을 때였다. 수경과 비슷한 나이로 보이는 여성이 한 가게 앞마당 테이블에 앉아 몸을 주체하지 못하고 있었다. 팔꿈치를 계속 테이블 아래로 떨구더니 급기야 고개를 공중에서 크게 휘저었다. 자신도 무언가 이상하다는 것을 직감했던지 일어나 걸으려고 했지만 소용없었다. 넘어지고 구르기를 반복하며 일어나려고 애를 써도 몸이 한쪽으로 힘없이 축 늘어지기만 했다. 남들의 시선에는 그저 술에 취해 비틀거리는 것으로밖에 보이지 않을 모습이었다. 길을 지나던 행인이 많았지만 바로 옆을 지나가면서도 그 장면은 어째서인지 그들의 시야에서 벗어나 있었다. 오직 나만이 그 어눌하고 느려진 몸놀림을 한 걸음 물러서서 지켜보고 있었다.

그 모습을 잊었을 리 없다. 내 앞에서 쓰러져가던 수경의 모습이 겹쳐 보였다. 지나가던 길을 되돌아와 다급히 그 여성을 붙잡아 일으켜 세웠다. 이미 서 있기 버거울 정도로 다리가 풀린 그를 잠시 바닥에 기대 앉히고 119를 불렀다. 수경이 쓰러진 후 다시 그 번호를 누를 일이 있을 줄은 몰랐다. 몸을 떨고 있는 그 사람을 진정시키기 위해 가게에 손짓해 물 한 잔을 받아 왔다. 그 여성은 건네받은 컵을 사력을 다해 위로 들어올렸다. 물컵을 불안하게 쥐고 입으로 가져다 부었지만 이상하게 물은 한 방울도 입안으로 들어가지 않고 공중에 흩어졌다.

무서웠다. 이 사람도 수경과 같은 운명을 맞게 될까? 이 시간 이후로 평생 걷지 못하게 되는 걸까? 어떤 미래가 주어지든 이 사람도 원치 않는 삶을 살게 될까 봐 내 몸이 떨렸다. 그를 대신해 휴대폰에서 부모의 번호를 찾아 전화를 걸었다. 받아들이기 어려울 상황을 가족에게 대신 전달해야 하는 당혹감에 휴대폰을 쥐고도 잠시 주저했다.

또다시 그 섬뜩한 소리가 멀리서 들려왔다. 온몸이 얼어붙는 차가운 소음. 심장을 쥐어짜는 불안감 속에서도 마지막까지 그를 안심시키고 앰뷸런스에 태워 보냈다. 축 늘어진 몸을 실은 앰뷸런스가 마지막 굉음을 내며 멀어졌다.

그날 밤 전화 한 통이 걸려왔다.

"정말 감사합니다. 덕분에 딸아이가 목숨을 건졌습니다."

예상한대로 그 여성에게 들이닥친 것은 뇌경색이었다. 다행히 목숨에는 지장이 없고, 응급조치를 취하고 경과를 지켜보고 있다고 했다. 물론 혈관이 터졌던 수경보다는 덜했겠지만 그 순간 아무도 관심을 가지지 않았다면 그 사람에게 무슨 일이 벌어졌을지는 아무도 알 수 없었다. 그 일 이후 그 사람의 인생이 어떻게 흘러갔는지도 더 이상 알 길이 없다.

그날 그 거리에서 우연찮게 한 목숨을 구했지만 나는 나 자신이 원망스러워 견딜 수 없었다. 그 사람이 수경이었다면. 왜 그때 난 그녀를 구하지 못했을까. 지켜줬어야 할 사람을 구해내지 못한 그날의 미련이 또다시 나를 찾아와 괴롭혔다.

많은 날이 지나갔지만 어딘가에서 앰뷸런스 소리가 들려오면 마치 시간이 멈추듯 나를 둘러싼 주변의 모든 것이 천천히 흘러간다. 일순간 세상이 멈추고 나는 시간을 거슬러 그날의 기억을 마주한다. 그리고 현실에서 비껴간 장면이 눈앞에 펼쳐진다. 의식을 잃고 앰뷸런스에 올랐던 수경이 잠시 후 눈을 뜨고 내 손을 잡고 응급차에서 뛰어내린다. 우리는 그대로 멈추지 않고 달리고 앰뷸런스 소리는 더 이상 들리지 않는다. 조작된 기억 속에서는 어떤 소음도 없고, 그 무엇도 힘차게 내달리는 우리를 방해하지 않는다. 그렇게 우리는 머나먼 곳으로 떠난다. 어떤 후회와 미련도 없이. 단 한 번도 뒤를 돌아보지 않은 채.

오해

어느 늦은 밤 수경이 소리를 질러 대며 울부짖었다. 내게서 온갖 모진 말로 핀잔을 들었기 때문이다.

"네가 그러니까 이 사달이 나는 것 아냐? 정신 나갔어?"

수경은 더 큰 울음소리를 내기 위해 온몸에 힘을 바짝 주고 입을 더욱 크게 벌렸다. 안방에 계시는 엄마가 듣고 달려와 자기편을 들어주길 바라는 마음으로.

수경과 싸우는 일은 생각보다 자주 일어난다. 가뜩이나 까탈스러운 성격과 자신에게 모든 기준을 맞추길 원하는 그 성미에 활동 보조 도우미 선생님들도 혀를 내두를 지경이다. 사실 수경의 까다로운 성격을 버티지 못하고 그만둔 선생님만 벌써 다섯 명이 넘는다.

언젠가는 자기 직전 자정을 향하는 시간, 100글자도 넘는 장문의 생각을 눈으로 전하느라 1시간 반이 훌쩍 지나가기도 했다. 수경의 입장에서는 억울할 테지만 듣는 입장에서는 반복되는 말들에 지칠 법하다. 옆으로 누웠을 때 다리를 밀지 말고 반드시 베개 두 개를 겹쳐 포갠 뒤에 다리와 함께 당겨야 한다거나, 누가 봐도 평평한 침대 바닥이 볼록 솟아 있어 불편하다며 수평계로 직접 확인하고 침대를 고쳐달라거나 하는 것들. 요구하는 쪽도 들어주는 쪽도 피곤한 대화가 소모적으로 이어지곤 한다.

그날은 그보다 상황이 더욱 심각하게 흘러갔다. 수경의 무리한 요구를 참아가며 오랜 기간 수경을 보살폈던 도우미 선생님이 포기를 선언한 것이다. 동일한 주제로 수경과 수십 번 대화를 주고받다 지쳐 결국 그만두시기로 마음을 먹었다. 그동안 수경의 마음을 가장 잘 알아주고 귀 기울여 들어주던 선생님이라 타격은 더욱 컸다.

수경은 더욱 목청껏 울음을 터트렸다. 나는 그 모습을 보고도 봐주는 법이 없다.

"그래서, 네가 책임질 거야? 무슨 수로?"

수경은 자신이 모든 결과에 책임을 지겠다는 주장을 끝끝내 굽히지 않는다. 어떻게 책임질 거냐는 질문에 수경은 또다시 열을 올리며 알아들을 수 없는 소리를 질렀다. 나는 물러서지 않았다.

"그런 선생님 같은 분을 어디서 또 구하겠다고 그래?"

끝까지 자신을 이해해주려고 하지 않는 나에 대한 서러움에 수경의 울음소리는 더욱 커졌다.

사실 나는 당장 선생님의 빈자리로 생길 간호 공백에 대한 걱정이 앞섰다. 수경의 어머니는 얼마 전 암 진단을 받고 투병 생활을 시작한 직후였고, 이제 더는 수경의 간병에 전적으로 나설 수 없는 상황이었기에 더욱 막막했다. 자신이 더 이상 딸에게 아무것도 해줄 수 없다는 생각에 어머니도 방 안에 잠자코 앉아 우리의 시끄러운 다툼을 묵묵히 듣고 계실 뿐이었다.

이 선생님이 그만두면 수경은 당장 다음 날부터 배변 활동을 할 수 없게 된다. 아침에 머리를 감고 씻고 병원 갈 준비를 하는 일도 중단된다. 주말에 내가 찾아오기 전까지 주중 시간에 수경이 제대로 된 보살핌을 받지 못하고 그저 침대 위에 놓여 있을 상상에 마음이 불안해졌다. 나는 화가 나 수경에게 몇 마디 더 쏘아붙였다.

"너 이제 배변도 못 하고 말 찾는 것도 못 하겠다. 선생님이 진짜 그만두시면 다 네가 자초한 일이란 것만 알아둬!"

탈진할 기세로 눈물을 쏟아내는 수경을 외면하고 싶었다. 하지만 시간이 흘러 진정된 수경을 보자 측은한 마음이 뒤늦게 몰려왔다. 수경에겐 제대로 대답할 기회도 주지 않고 몰아붙였다는 생각에 미안해졌다. 마지막에는 늘 내 쪽에서 쏟아붓는 잔소리로 다툼이 끝난다는 것도 잘 알고 있었다. 수경은 매번 불리한 다툼에 이끌려도 단 한 마디 항변할 능력이 없으니까. 승자와 패자가 처음부터 정해진 일방적인 다툼이었다.

수경과의 다툼은 항상 사소한 오해에서 시작된다. 선생님과의 갈등도 제한된 대화에서 생긴 오해에서 비롯됐다는 것을 잘 알고 있다. 수경은 결코 그런 오해를 원치 않지만, 그녀가 가진 표현의 제약으로 인해 마음속 수만 가지 생각을 온전히 담아낼 수 없다. 원래 마음을 표현하기 쑥스러워했던 수경이 서툴게 표현하는 몇 마디는 늘 그렇게 수경의 뒤틀린 신체처럼 불완전하게 전달될 뿐이다.

주말이 지나 다시 선생님이 방문할 시간이 가까워질수록 수경의 마음도 초조해졌다. 아픈 엄마 대신 선생님의 도움 없이는 자신이 하루를 온전히 보내는 것조차 불가능하다는 사실을 잘 알고 있기 때문이다. 행여나 그만두겠다는 결심을 되돌리지 않으셨을까 봐 선생님이 돌아오길 기다리는 내 마음도 조마조마하기는 마찬가지였다. 같은 마음이었을 수경이 화해의 마음을 담은 한 문장을 글자판에 남겼다.

선생님, 미안해요. 제발 옆에 있어줘요.

추락

위기의 순간은 늘 예상하지 못한 찰나에 일어난다. 요란스럽게 시작한 일요일 오전, 점점 더워지는 여름 날씨에 목을 뒤덮은 수경의 머리칼을 잘라주기 위해 아침부터 분주했다. 한 달에 한 번 수경의 머리카락을 다듬는 일은 언젠가부터 내 몫이 되었다. 병원에 입원해 있을 때는 주기적으로 방문하는 미용 봉사자의 도움을 받았지만, 막상 퇴원하고 나니 수경을 데려갈 마땅한 미용실을 찾기가 쉽지 않았다. 수경은 미용실 의자에 옮겨 앉을 수 없고, 고개를 온전히 들지 못해 머리 자르는 내내 누가 뒤에서 고개를 받쳐줘야 한다. 휠체어 위에서는 머리 감기도 불가능해 미용실 방문은 엄두도 나지 않았다.

그렇게 매달 우리만의 엉성한 팝업 헤어숍이 열린다. 고객의 요구와 상관없이 서비스 가능한 스타일은 '똑단발' 단 하나다. 매번 포기하지 않고 머리를 기르겠다며 항의하는 수경의 요구는 헤어숍 문이 열림과 동시에 가차없이 튕겨 나간다. 예전처럼 갈색으로 염색하고 싶다는 주문도 단번에 거부당한다.

이날도 수경을 휠체어에 앉히고 거실 중앙에서 가운을 여러 겹 덧씌운 후 분무기로 머리카락을 적셨다. 중앙 가르마를 타고 오른쪽 앞머리부터 시작해 전체 길이를 맞추고 머리 숱 정리까지 일사천리로 진행됐다. 처음에는 한 시간 가까이 걸리던 손질도 이제는 15분이면 충분할 만큼 익숙해졌다. 들쑥 날쑥 길이가 일정하지 않던 뒷머리 라인도 자로 잰 듯 반듯한 일자 구현에 조금도 문제없다. 그렇게 몇 분 만에 머리 손질이 마무리되고 그녀만을 위한 헤어숍은 문을 닫는다.

"수경아, 거울 한번 볼래? 훨씬 예뻐졌네."

손님의 요구와 상관없는 칼 단발 스타일이지만 예뻐졌다는 한마디에 손님은 이번에도 충분히 만족하고 돌아간다. 물론 다음 번에도 잊지 않고 또다시 머리를 기르겠다고 항의하겠지만.

평소 수경의 목욕과 머리 다듬는 일은 토요일에 하는데 그날따라 주말 일정이 꼬여 일요일로 미뤄졌고, 급한 마음에 서둘러 목욕 준비에 들어갔다. 일요일에도 정해진 일정들이 기다리고 있었기에 여유 부릴 시간이 없었다.

한결 머리가 가벼워진 수경을 휠체어에서 들어 다시 침대 위에 뉘고 목욕 준비를 서둘렀다. 목욕에 들어가기 전 물을 충분히 먹이고 나서 석션기로 기도에 걸려 있던 가래를 빨아당겼다. 목에 남은 절개 부위와 뱃줄 부위 상처에 물이 새어 들어가지 않도록 방수 테이프를 꼼꼼히 붙여 막았다.

수경을 목욕하는 데 사용하는 2m짜리 에어 욕조를 화장실 앞에 두고 샤워기 호스로 물을 받기 시작했다. 물이 어느 정도 차면 수경은 욕조 안에 쏙 들어가 머리를 감고 온몸에 비누칠을 하며 한 주간의 묵은 때를 벗겨낸다. 가끔 입욕제를 풀어주면 수경은 욕조 밖으로 고개만 빼꼼 내민 채 깊은 단잠에 빠지기도 한다.

그날따라 쉴 틈 없이 분주했던 탓일까. 단 한 번도 예상하지 못했던 일이 가장 안전하다고 여겼던 공간에서 일어났다. 욕조의 높이를 올리기 위해 아래 받쳐 뒀던 두꺼운 매트의 위치가 부실했다. 욕조 안에 물이 차자 무게를 이겨내지 못해 욕조의 무게 중심이 이동했고, 일순간 오른쪽으로 출렁, 잠시 한 눈 파는 사이 매트가 기울면서 수경이 그대로 욕조 밖으로 튕겨 나갔다. 뻣뻣한 몸이 공중에 튀어 올라 딱딱한 바닥 위에서 무참히 굴렀다. 수경은 일말의 저항도 없이 흥건한 물바다 한가운데 던져졌다. 조금도 가누지 못해 힘만 바짝 들어간 몸뚱이는 통나무보다 더 기이한 모습으로 거실 중앙에 나뒹굴었다.

"무슨 일이야! 수경아, 괜찮아?"

쓰러진 그녀를 급히 들어올리고 다친 곳을 살폈다. 다행히 바닥에 부딪혔을 때 찍은 이마의 타박상과 오른손 팔꿈치 통증을 제외하곤 크게 다친 곳이 없었다. 수경은 놀란 탓에 짧은 경기를 일으켰지만 금방 진정됐다. 그럼에도 수경의 몸에는 저항할 수 없었던 그 순간의 두려움이 근육의 경직으로 오래 남아 있었다.

짧은 순간이지만 추락의 순간 그녀가 느꼈을 공포가 전해졌다. 있는 힘을 다해 막아보려고 해도 최소한의 방어조차 허락되지 않던 슬픈 몸짓. 무방비 상태에서 맞게 되는 세계의 충돌. 그날의 추락도 이와 같았다. 손쓸 틈 없이 한순간에 일어났다. 아무것도 막지 못했다. 그날 짧은 순간의 낙하에서 여전히 추락 중인 우리를, 그날의 악몽에서 벗어나지 못한 우리를 보았다.

영원히 반복되는 낙하. 끝나지 않을 추락의 순간이 우리의 생을 아득한 심연으로 끌어내리는 것 같았다. 누군가를 붙잡고 우리의 추락에도 끝이 있을지 묻고 싶었다. 이 여정에서 우리를 기다리고 있는 것은 지금까지보다 더한 두려움일까, 아니면 무거운 족쇄에서 벗어난 해방감일까. 때때로 스스로에게 묻곤 하지만 언제나 그 답은 알 수 없다.

상처

수경의 코에 붉은 피가 번지기 시작했다. 그녀는 소리 없이 울음을 터트렸다.

* * *

그날 따라 잠들기 전 수경은 유독 예민하게 굴었다. 침대 매트 끝으로 몸 밀기, 무릎 베개 엉덩이에 바짝 붙이기, 입안 상처에 약 바르기, 거즈에 물 묻혀 벌려진 입 가리기……. 잠들기 전 매일 밤마다 경건한 의식처럼 순차적으로 진행해야 할 수십 가지 절차들. 그날은 무엇이 마음에 들지 않았는지 불만을 잔뜩 담은 입이 도무지 다물 생각을 않는다.

하필이면 수경의 눈에 마비가 찾아왔다. 피곤하거나 무리하게 눈을 사용하면 꼭 나타나는 증상이다. 양쪽 눈이 움직이지 않을뿐더러 감기지도 않는다. 검은자는 무언가에 홀린 듯이 눈 오른쪽 끝에 걸려 있다. 처음에는 무척이나 놀랐지만 이제는 그저 매일같이 찾아오는 일상적인 과정의 하나일 뿐이다.

양쪽 눈동자가 갑자기 무언가에 낚아채인 듯 일제히 오른쪽 끝으로 향하고 심장 박동과 함께 검은 눈동자가 뛰기 시작하면 수경은 초조해지기 시작한다. 언제 끝날지 모를 눈의 마비가 수경을 완전한 침묵의 세계로 데려가기 때문이다. 그녀에게 유일하게 남은 부위인 눈동자마저 잃어버리는 순간, 생각하는 것을 제외한 몸의 모든 기능이 마비된다. 수경은 온 힘을 다해 침묵의 공간을 벗어나려 애쓰지만 상상 속 분주한 몸부림은 이 세계로까지 전달되지 않는다.

이 침묵의 세계에선 수경과 대화할 방법이 없다. 할 수 있는 것은 단지 안대로 눈을 덮고 언제 돌아올지 모를 눈의 회복을 기다리는 것뿐이다. 그러나 이미 자정을 향해 깊어 가는 밤은 마냥 우리를 기다려주지 않는다.

이미 밤 11시가 지나고 있었다. 더는 기다릴 수 없어 취침

약을 꺼냈다. 수면 성분이 포함된 약 기운이 몸에 퍼지면 이 불편한 사투를 강제로 끝낼 수 있다. 눈앞에 평화가 놓여 있지만 수경은 원치 않는다. 즉시 온몸으로 거부하고 나섰다. 거절의 의사를 담은 입술이 벌어지자 그 위로 건조해지지 않도록 덮어둔 거즈가 입속으로 들어갔다. 수경은 온 힘을 다해 불편감을 표현했다. 단지 아무도 그 마음을 알아주지 못했을 뿐. 그녀는 마비가 길어지는 동안에도 이 밤이 지나가기 전 꼭 하고 싶은 얘기가 있다며 거칠게 항의했다.

이미 한 시간이 넘도록 마비가 나아질 조짐이 없었다. 처음에 애처롭던 그 모습도 더는 안쓰럽게 다가오지 않았다. 옆에서 지켜만 보며 지쳐갔던 나는 더 이상 기다리지 않고 취침약을 물에 녹여 그녀의 뱃줄 안으로 밀어 넣었다.

"이제 늦었어. 약도 먹었으니까 그만 포기하고 잠이나 얼른 자."

수경은 발악하기 시작했다. 단 10분만 마음을 가다듬고 상황을 받아들이면 편안히 쉴 수 있는데, 그 길을 포기하고 끝까지 저항하기로 결심했다는 듯이 분노를 온몸에 실어 나르기 시작했다. 취침을 위해 펴두었던 양손이 잔뜩 힘이 들어가 부들거리며 턱 끝까지 올라왔다. 강직을 막기 위해 손에 쥐여 놓은 말린 붕대 탓에 왼손이 피가 통하지 않아 하얗게 질렸다.

통나무처럼 뻣뻣해진 다리가 그녀의 불편한 심경을 대신하고 있었다.

이제 수경을 진정시킬 방법은 없다. 이미 전쟁이 시작되었다. 자정이 지나도록 얼굴에 땀이 흥건할 정도로 수경은 제 몸과 맞서 싸우기로 마음먹었다. 그녀가 온몸을 쥐어짜 만들어 내는 괴성이 들려왔다.

또 시작되었구나.

나도 모르게 한숨이 밀려왔다. 그 패색 짙은 무모한 싸움을 보기가 싫증이 났다. 나는 두 시간이 넘도록 수경을 달래다 더 이상 기다려줄 여유를 잃은 채 수경을 향해 소리치고 말았다.

"그래서 하고 싶은 말이 뭔데? 가만히 진정하고 기다리면 되잖아. 그런다고 눈이 돌아오는 것도 아니잖아!"

수경은 아랑곳하지 않고 잠들기를 거부했다. 밤새 버텨낼 각오를 한 것 같았다. 참다 못 한 나는 수경의 양쪽 어깨를 잡고 흔들며 다그쳤다.

"그만 좀 해 제발. 너 때문에 나까지 잠을 못 잔다고!"

그 말에 얼굴이 벌겋게 달아오른 수경은 입을 더욱 크게 벌리며 항의했다. 그녀의 입에서 흘러 나오는 분노 섞인 소리가 수경의 부모님이 잠든 조용한 집 전체에 가득 울려 퍼졌다. 순간 화가 난 나는 수경의 눈에 덮어두었던 안대를 침대 옆으로 집어 던졌다. 귀를 찌르는 소리를 막기 위해 그녀의 성이 난 입술을 거칠게 움켜쥐었다.

"소리 지른다고 네 생각을 누가 알아주냐고! 오늘 따라 왜 그래, 너 정말 미쳤어?"

마비로 멈춰 있던 눈이 찡그러지면서 눈가에 눈물이 맺혔다. 수경은 이내 더 큰 소리를 지르며 통곡하기 시작했다. 외로운 사투를 끝내 부정당하고 몹쓸 취급을 받은 서러움이 분명했다. 그 모습이 보기 싫어 소리가 새나가지 않도록 수경의 코와 입을 손으로 막고 흔들었다.

"이제 그만 좀 해!"

내 손이 지나간 수경의 얼굴에선 축축하고 검붉은 무언가가 새어 나오기 시작했다. 코 왼쪽에 긁힌 선명한 자국과 함께 곧 피가 번졌다. 아차 싶은 생각에 급하게 휴지를 꺼내 지혈을 했지만 소용없었다. 밀려드는 속상함에 괜한 수경에게 탓을 돌렸다.

"어떡해……. 흉 지겠다. 이게 다 너 때문이잖아. 결국 피까지 봐야 끝낼래?"

땀과 피로 뒤범벅된 수경의 콧잔등을 닦으면서 도무지 지워지지 않는 비참함이 덩어리째 밀려왔다. 절반은 이런 상황을 자초한 수경으로부터, 나머지는 참을성을 잃은 나 자신으로부터. 하지만 어째서인지 끝내 미안하다는 말이 입 밖으로 나오지 않았다.

한참을 울먹인 뒤 마치 아이처럼 가슴을 들썩이며 숨을 고르던 수경은 서글픈 입술 그대로 잠에 들었다. 처절한 싸움 끝에 콧잔등의 상처를 남기고 드디어 약기운에 항복했다. 눈을 감고 잠시 이 세계를 벗어난 그녀의 표정만큼은 평화를 되찾았다. 얼마 가지 못할 거짓 평화라는 걸 아는 사람은 아무도 없겠지만.

새벽 2시, 상처를 어루만지다 말고 잠든 수경의 얼굴을 조심스럽게 안았다. 결코 들릴 리 없는 작은 소리로 수경의 귀에 대고 말했다.

"미안해, 모든 게 다."

다음 날 새벽 6시, 아무 일이 없었던 것처럼 하루를 시작했다. 항상 그렇듯 수경을 깨워 물을 먹이고 입안을 닦아주었다. 밤새 잔뜩 움츠러 있던 양쪽 팔을 펴고 위로 들어올리자 수경은 커다란 하품과 함께 한껏 기지개를 켰다. 수경을 옆으로 돌려 눕히고 기저귀를 갈고 엉덩이를 닦아주었다. 아직 잠에서 깨지 못한 두 눈이 내 얼굴을 좇았다. 지난밤 일로 무언가 할 말이 남아 있다는 듯이.

아침 식사 시간, 수경을 침대에서 앉히고 유동식을 뱃줄에 꽂았다. 수경이 멀뚱히 나를 쳐다봤다. 의미심장한 표정을 짓던 그녀의 눈이 내 눈과 마주치는 순간, 수경은 갑자기 환한 미소를 터뜨렸다. 미소와 어울리지 않는 상처를 얼굴에 얹고서.

수경은 그날도 주어진 하루를 살아내기 바빴다. 배변을 위해 아랫배에 힘을 모으고, 사레에 걸리면서까지 물을 삼키기 위해 노력하고, 숨을 쉬기 위해 가래를 뱉어내는 하루의 연속. 상처로 얼룩진 얼굴로도 공원에 나가 햇살을 받으며 다시 돌아오지 않을 그 하루를 살아냈다.

그렇게 한 주가 지나고 다시 돌아온 주말. 코에 난 상처는 오래가지 않았다. 옅게 긁힌 자국 위로 다행히 새살이 차오르고 있었다. 상처는 한 주 만에 아물고 흔적도 곧 지워졌지만, 내 마음은 이상하게도 깊게 패였다. 나는 수경이 겪는 이 커다란 고통의 무게가 차라리 내게 와 흉터로 새겨지기를 바랐다.

창문

수경의 발 밑으로 희미하게 비치는 햇살. 커튼 사이로 들어오는 너비 30cm 크기의 세계. 수경이 세상과 소통하는 유일한 창구. 창문 너머 바삐 움직이는 차량과 날씨의 변화를 감지하며 수경의 하루는 구분된다. 평생 수경이 맞게 될 유일한 세상의 풍경. 마지막 순간까지 수경은 그 창가 자리를 떠나지 못할 것이고 오직 작은 창 너머 펼쳐진 세상만이 그녀가 눈에 담아낼 전부일 것이다.

이제는 햇빛이 드는 것조차 불편한 수경에게 창문은 그저 낯선 존재가 되어버렸다. 비바람이 창문을 세차게 두드리거나 수북이 쌓인 눈으로 온 세상이 차분한 변화를 꾀할 때를 제외하면 창문을 들여다보는 일도 없다. 발밑까지 두껍게 처진 커튼이 세상과 수경의 오랜 단절을 보여줄 뿐이다.

수경은 매일 이곳 창가에서 지나간 과거의 장면들을 떠올리고 있을지도 모른다. 여행지에서 만난 광활한 풍경을. 유럽 최북단에서 맞은 오로라로 빛나던 밤, 높다란 돌기둥 무리를 붉게 물들이는 카파도키아의 저녁놀, 태고의 신비를 간직한 고비 사막의 모래 언덕. 다시는 돌아가지 못할 아득한 기억들을 곱씹고 있는지도. 오늘도 해질 무렵 이 좁은 방 창문 틈으로 어김없이 햇빛이 들어왔다. 창문을 막아 놓은 커튼을 뚫고 틈새로 들어온 빛이 수경의 여윈 다리를 비췄다.

수경이 대학생이던 시절, 그녀는 휴학계를 내고 집안에 칩거하며 밖으로 나서기 주저했던 시기를 보낸 적이 있다. 삶을 향해 한 발짝 내딛기도 힘겨웠던 시간이었다고 했다. 자취방 창문마다 커튼을 치고 주변 가까운 사람들까지 연락을 차단하고 은둔 생활을 했다. 어째서인지 그녀가 쌓아온 모든 것으로부터 도망쳐 숨어버렸다.

인생의 갈림길 위에서 목표를 잃어버린 수경은 방황했고, 삶과 죽음이라는 거대한 물음 앞에서 길을 잃었다. 가끔 해질 무렵 햇살이 창 틈 사이로 들어와 그녀의 손에 닿으면, 수경은 어두워진 방 한 구석에 웅크리고 누운 채 유일하게 빛이 닿는 손가락을 꿈틀거렸다. 자신이 살아있음을 실감하는 유일한 순간이었다고, 새삼 자신의 의지를 따라 움직이는 손가락을 보며 설명할 수 없는 신비를 느꼈다고 말했다.

"당연하게 움직이는 손가락처럼 내 인생은 왜 의지대로 움직이지 않는 걸까."

얼마 뒤 수경은 학교로 돌아갔다. 다른 이유가 아닌 자퇴서를 내기 위해서.

마지막 학기 등록금과 맞바꾼 편도 항공권 티켓 한 장과 배낭, 카메라를 들고 떠났던 그녀는 바이칼 호수에서 인생 처음으로 진정한 햇살을 맞았다. 얼어붙는 추위도, 발이 푹푹 빠지는 눈길도 중요하지 않았다. 끝없이 펼쳐진 자작나무 숲과 매끄러운 햇살 속에 일렁이는 따스한 기운이야말로 수경이 처음 경험한 진짜 세상의 빛이었다.

수경의 좁은 방, 그녀의 세계는 어느새 창문 크기만큼 줄어들었다. 끝없이 펼쳐진 하늘의 풍광도 이제는 천장의 높이만큼 축소되어버렸다. 창문 너머를 바라보는 일이 유독 그녀에게 편치 못한 이유다.

병원에서 퇴원한 후 부모님과 같이 처음으로 당도한 자신의 새 집에서 수경의 시선이 고정된 곳도 바로 이 방 창문이었다. 수경의 울타리 밖 세계와 연결되어 있지만 결코 넘어갈 수 없는 세계. 이만큼이 수경이 평생 맞게 될 세상의 전부일 것이다.

처음 그 창문 앞에 섰던 날. 조용히 창밖을 쳐다보던 그녀는 한참 동안 사색에 잠겼다. 평생 그 공간을 벗어나지 못하고 오직 그 창문 너머를 바라볼 수경의 모습을 뇌리에서 지울 수 없다.

언젠가 시간이 흘러 부모를 먼저 떠나보내는 날이 찾아오더라도 수경은 이 방 문턱을 넘을 수 없을 것이다. 부모의 장례식조차 다녀올 수 없는 딸의 심정을 짐작하기만 할 뿐 온전히 헤아릴 수 없다. 부모의 빈자리에 맘껏 눈물을 쏟고 애도하는 대신 수경은 오직 이 작은 방에서 자신의 생존의 무게를 감당해야 한다. 그리고 언젠가는 찾아올 것이다. 그녀를 붙잡고 흘러가는 시간의 끝이 향하는 곳, 붉게 타오르던 빛이 저물고 마지막 해가 창문으로 넘어오는 날이.

4부

하루

어스름한 새벽,

그녀가 잠에서 깨면 하루가 시작된다.

아직 모두가 잠든 조용한 새벽 차가운 바람.

그녀의 뱃줄로 전날 밤 타 놓은 영양제가 들어간다.

그녀도 졸리긴 마찬가지.

양팔이 위로 들리자 자동 기지개 시작.

온몸을 비틀며 뻗고서야 눈을 뜬다.

물로 입을 축이고 가글액으로 간단한 입 청소를 시작한다.

기도로 넘어갔을지 모를 물을 석션기로 제거하고

각기 다른 12개의 베개를 끼고 왼쪽으로 돌아 웅크린다.

어느샌가 그녀에게 가장 편안해진 자세를 취한다.

밤새 소변으로 축축해진 기저귀를 갈고

엉덩이 위로 욕창이나 포진이 생기진 않았는지 확인한다.

아침 식사 전 소변 누기를 기다렸다가

똑바로 앉히고 침대 각도를 세운다.

고개가 떨어지지 않도록

침대머리와 연결한 끈으로 이마를 묶고

콧물은 반드시 양쪽 콧구멍 두 번씩 휴지로 닦는다.

동시에 다리가 저리지 않게 전기 마사지기를 작동한다.

유동식을 따뜻하게 데워 그녀의 뱃줄에 연결하고

1시간에 걸쳐 천천히 한 방울씩 떨어트린다.

각성제, 강직 완화제, 소화제, 경련을 예방하는 약들을 섞고

식사 후에 천천히 투여한다.

다시 누워 잠시 잠을 청할 때쯤

주방에선 가족들의 아침 식사 준비가 한창이다.

김치찌개, 생선구이 냄새가 코를 찌르지만

그녀는 익숙한 듯 무신경하게 잠을 청한다.

석션 칫솔이 입안에 들어가자 그녀의 잠은 달아나고,

목으로 넘어가는 치약 물 때문에 인상이 일그러진다.

뱃줄 주변을 소독하고 상처 부위에 연고를 바른다.

휠체어를 타고 화장실 앞으로 이동한 다음,

발, 손, 얼굴, 머리카락 순서로 이어지는 정결 의식.

그녀는 귀에 물이 들어가는 것을 극도로 싫어하기 때문에

머리를 말리기 전 반드시 휴지로 귀부터 닦아낸다.

스킨, 로션, 수분크림, 콜라겐 크림, 에센스, 아이크림.

핸드크림과 바디로션 그리고 립밤도 필수.

이어지는 운동 시간에는 전동 자전거 타기.

다시 누워 기저귀를 갈면 점심 준비 끝.

점심 먹는 동안에도 스르르 내려오는 눈꺼풀.

유동식을 공급하고 약을 투여하고

점심을 먹고 나면 웃옷을 갈아입고

병원 재활치료를 위한 채비에 나선다.

도로 위 흔들리는 차 안에서 40분.

안대를 쓰고 감은 눈으로 불편함을 달랜다.

재활치료실 매트에 누워 치료가 진행되는 동안

유난히 더위를 타는 그녀에게 선풍기는 필수다.

연하치료, 작업치료, 물리치료, 통증치료.

10년째 반복되는 치료에 차라리 잠을 청하기.

그래도 치료사의 안부 인사가 싫지는 않다.

오늘은 굳어진 어깨를 펴는 바람에 눈물이 흘렀다.

퇴근길 막힌 도로를 뚫고 집에 돌아오면 어느덧 저녁.

저녁 식사를 하며 일일 드라마 시청.

제목과 주인공만 바뀌는 진부한 스토리이지만

뻔한 드라마라도 호기심에 커지는 눈동자.

유동식을 공급하고 약을 투여하고

어느덧 다가오는 공포의 취침 시간.

매번 잠들기 직전이 되어서야 뚜렷해지는 의식.

이대로 잠에 들기 싫어 무언의 요구로 저항하지만

소리 없이 퍼지는 취침약의 수면 성분.

또 하루가 사라지고 무의 세계로.

매일 별다를 것 없는 그녀의 24시간.

고통의 하루가 모여 이룬 10년의 기억.

이 시간의 끝에 그녀를 기다리고 있는 것은 과연 무엇일까.

표정

수경은 웃거나 울거나 두 가지 표정 중 하나밖에 표현할 수 없다. 얼굴 근육을 제어하는 방법을 잃어버린 수경은 일상에서 접하는 매 순간 어울리는 표정을 찾기 위해 애를 쓰지만, 대부분의 사람들은 이를 눈치채지 못한다. 기쁘고 감동적이고 즐겁거나 만족스러운 반응은 모두 웃는 표정이 되어 나타나고, 괴롭고 아프고 슬프고 절망적인 감정은 오로지 우는 표정으로 드러난다. 상황에 맞지 않게 수경이 웃거나 울더라도 나는 그 안에 담긴 생각의 변화를 금세 알아채지만, 지나가는 사람들에게 그녀의 엉성한 표정은 생기 잃은 얼굴에 지나지 않는다. 가끔 간호사나 치료사들은 매일 수경을 보면서도 그녀가 대화할 수 있는 능력을 가졌다는 사실에 놀라곤 한다. 그들이 수경의 어색한 표정 뒤에 가려진 마음 안쪽 깊은 생각까지 읽어낼 도리는 없다.

수경은 모든 감정을 오직 두 가지 표정으로만 내비치지만, 오래 관찰하다 보면 표정에 미세한 차이들이 있다는 것을 감지하게 된다. 미세한 근육의 떨림이 자아내는 수백 가지 다른 모양의 표정이 숨어 있다는 것을 알 수 있다.

눈이 마주쳤을 때 입꼬리가 살짝 올라갔다면 나의 얘기에 귀 기울여 듣고 있다는 신호다. 시선을 거두고 아래턱을 살짝 벌리면 전하고 싶은 생각이 있다는 신호다. 입을 동그랗게 벌리며 눈을 크게 뜨고 있다면 호기심이 생겼거나 궁금하다는 표현이다. 눈을 지그시 감으며 광대뼈가 올라갔다면 편안한 상태의 만족감을 알리는 의미다. 인상이 일그러졌을 때 눈살을 찌푸리고 있다면 불편한 무언가를 당장 해결해달라는 부탁의 신호다. 거기에서 입이 불안하게 벌어졌다 오므리기를 반복한다면 내가 엉뚱한 곳을 찾고 있다는 답답함의 표현이다. 인중이 길어지면서 양쪽 입꼬리가 아래로 내려간다면 자신의 처지가 서글프거나 마음이 속상해서 드러나는 서러움의 표시다. 때로는 어깨까지 들썩이며 숨 넘어갈 듯한 폭소로 최고조의 기쁨을 표현하기도 하고, 반대로 턱에 힘을 잔뜩 주고 입을 벌린 채 멈추지 않는 눈물로 깊은 절망을 토로하기도 한다.

꿈쩍도 않는 혀의 무게에 짓눌려 어떤 소리도 의미를 상실해버린 지금, 마음에 맺힌 목소리는 단 한 번 제대로 전해진 적 없고, 어쩌다가 튀어나오는 비명은 알아들을 수 없는 음조로 뒤엉켜 공중을 떠돌 뿐이다. 울부짖던 소리마저 힘을 잃고 희미하게 사그라들면, 다시 찾아온 무의 세계가 그녀를 제외한 이 세상 모두를 귀머거리로 만들어 놓는다.

극적이지는 않지만 그녀의 작은 표정 변화에 간절한 눈빛이 더해지면 나는 마치 수경의 마음에 접속이라도 하듯 그녀의 생각을 읽는다. 수경이 매 순간 창조해내는 수백 가지의 표정은 그녀가 갇힌 무음의 세계를 통과하는 가장 강력한 무기가 된다.

지금 그녀는 웃는다. 수경은 지금도 미세한 얼굴 근육의 잔떨림으로 무언가를 말하려 하고 있다. 어떤 말도 의미를 잃고 기능을 상실해버렸지만 수경이 지금 이 순간 온 힘을 다해 전하는 진심을 나만은 알고 있다.

그래, 이 세상이 부질없는 소리뿐이라면 나도 더 이상 말하지 않을래.

세상에 수많은 말들이 있지만 가끔씩 만나게 되는 불편한 언어. 간단한 인사와 말 한마디에서도 상대방을 진심으로 배려하지 않고 튀어나가는 언어들이 때로는 불쾌하게 느껴지기도 한다. 나는 그런 대화들과 관계에서 곧잘 싫증을 느끼고는 했다. 겉으로 드러나는 현상에 만족하지 못하고 그 안에 숨겨진 의미와 뉘앙스, 비밀을 포착해야 했다. 말 한마디에도 수백 가지의 감정을 담을 수 있다는 것을 알게 된 이후로 늘 그래왔으니까. 수경과의 관계가 깊어질수록 말 자체의 의미는 점점 옅어지고 언어를 넘어선 보이지 않는 끈이 우리를 더욱 단단히 결속시켰다.

사실 수경은 누구보다 감정에 충실한 사람이었다. 그 감정을 정제하고 표현해내기까지 머릿속에서 늘 복잡한 과정을 거쳐야 했지만. 쓰러지기 전날 새벽까지도 수경이 그런 자신을 돌아보며 무거운 고민에 밤잠을 설쳤던 흔적이 여전히 남아 있다.

내밀한 이야기를 다듬기가 쉽지 않다. 촌스럽게도 무겁고 진부한, 때론 한없이 가벼운 자신을 정제해 내보이기가 쉽지 않다. 결국은 언저리의 가공된 삶, 생각, 감정들만 슬쩍 비추고 만다. 그들이 향유하는 상품화된 일상에 진저리를 치다 그 일상도 향유하지 못하는 두 발에 시선이 머물 때면 슬픔이 고인다. 가면을 쓰지 않는 것만으로도 족하다던 카뮈의 고백을 사랑했지만 그 고백이 나의 것이 되기가 이토록 어려운 일일 줄이야.

때로는 미워해 / 사랑해 / 외로워 / 죽고 싶어 / 살고 싶어 / 당신이 필요해,라고 말하는 포장지가 뜯겨 나간 천연의 언어가 그립다. 저마다의 삶이 내뱉는 진실한 신음 소리를 만져보고 싶고 그 투박한 내음을 맛보고 싶다.

— 2014년 4월 1일 허수경

거대한 세상에 오직 미세한 눈짓으로 자신의 존재를 증명하는 그녀는 지금도 한 번의 표정에 희망, 설움, 기대, 좌절, 행복, 고통, 사랑, 상실, 모든 감정을 실어 보낸다. 그 어느 때보다 솔직한 모습으로 살아가기에 힘쓰고 있다.

가끔은 언어가 사라진 세상을 상상한다. 언어가 포착할 수 없는 진심이 서로에게 완전하게 닿을 수 있는 세상. 더 이상 상대에게 표현을 요구하지 않아도 사랑과 신뢰를, 진심을 이해하고 이해받는 세상. 형식에 불과한 잡다한 말들의 껍데기가 벗겨지고 실체만이 남아 서로의 마음을 온전히 받아들일 수 있는 그런 세상을.

쇼핑

수경과 나의 쇼핑 활동은 이곳 편의점에서 이루어진다. 수경의 유일한 경제 활동이자 직접 세상을 경험하고 소통하는 특별한 시간이기도 하다. 그녀는 집 주변 편의점을 하나씩 정복하며 세상 경험을 넓힌다.

평소에는 편의점 입구마다 놓인 작은 문턱들을 가뿐히 넘어 가지만 그렇지 못할 때도 많다. 입구 앞에 설치된 계단 때문에 뒷걸음질 쳐야 했던 곳이 있고, 경사로가 높아 오르지 못하고 포기한 곳도 있다. 어떤 곳에서는 제품 박스로 가로막힌 통로를 비집고 들어가려고 하자 점원이 손을 저으며 황급히 말했다.

"안쪽은 좁아서 안 돼요. 두고 가세요."

두고 가라니. 휠체어에 앉은 수경이 물건 정도로만 보였던 걸까? 집과 가장 가까웠던 그곳은 2년이 지나 문을 닫을 때까지 다시는 방문하지 않았다.

수경이 갈 수 있는 장소는 사실 제한적이다. 집 근처에 가까운 편의점이 세 곳은 더 있었지만 수경의 선택은 저 너머 윗동네에 위치한 편의점으로 주변에서 가장 큰 곳이다.

오늘 때마침 여름 하늘에 예상하지 못한 소나기가 쏟아지는 바람에 수경은 빗줄기를 그대로 맞았다. 뒤늦게 휠체어에 걸어둔 가방에서 우산을 꺼내 펼쳤지만 편의점으로 향하는 오르막에서 한 손으로 휠체어를 밀면서 다른 한 손으로 우산을 들어 수경을 씌우기에는 역부족이었다. 결국 편의점에 도착했을 때는 이미 둘 다 소나기에 쫄딱 젖어 있었다. 급히 손수건을 꺼내 수경의 얼굴부터 닦아주었다. 비에 젖은 서로의 초라한 행색을 마주보고 웃음이 터졌다. '로맨틱 코미디'의 한 장면처럼 건물 아래에서 비를 피하다가 눈이 맞은 두 남녀 주인공의 풋풋함 따위는 없지만, 우리 나름의 비를 피하기 위한 생존 여정은 스크린에서 볼 수 없는 '코미딕 로맨스'의 한 장면을 연출한다.

편의점에 진열된 수많은 과자와 간편식들 사이에 수경이

먹을 수 있는 음식은 거의 없지만, 좁은 침대에서 벗어나 세상 구경을 나온 것만으로도 그녀는 신이 나 시선이 빠르게 이쪽 저쪽을 오간다.

병원의 의사들은 삼킴 능력이 회복되지 않은 수경에게 물조차 먹는 것이 위험하다고 경고하지만 의사 몰래 음식을 먹어온 지 이미 7년이 넘었다. 수경은 3개월마다 진행하는 연하검사를 한 번도 통과한 적이 없지만 음식을 향한 수경의 의지를 누구도 막을 수 없다. 물론 남들처럼 자유롭게 먹을 수는 없다. 씹을 수 없으니 모든 음식을 따뜻한 물과 함께 갈아서 죽처럼 걸쭉하게 만들어 먹어야 한다. 쌀밥도 김치도 나물도 예외가 없다. 각각의 그릇마다 덩어리 하나 없이 갈아 준비해 놓으면 수경이 맛을 음미할 수 있다. 국은 오히려 너무 묽어서 기도로 흘러 넘어갈 위험이 있기에 연하보조제 가루를 타서 점도 있게 만들어 놓는다. 그렇게 일주일에 단 한 번, 주말마다 내가 정성껏 준비한 식사를 어린이용 실리콘 수저로 한 술씩 떠 입안에 넣어주면 수경은 삼킴 반사가 일어나길 기다렸다가 한 모금씩 꿀꺽 삼킨다.

간혹 제대로 식도로 넘기지 못한 음식물은 목에 절개된 기도 구멍으로 흘러나오기도 하는데, 음식물을 휴지로 닦으며 자칫 폐로 넘어갈 뻔한 위험을 넘겼다는 생각에 안도의 한숨을 내쉴 때도 있다. 사레가 들기도 허다하다. 그래도 수경은 일주일에 한 번 음식을 맛볼 기회를 포기할 수 없다. 완전히 갈아 놓아 원래의 맛과 식감이 사라진 음식이라고 해도. 피자, 햄버거, 치킨, 돈가스, 탕수육, 짜장, 카레, 만두가 수경이 좋아하는 메뉴다.

오늘 편의점 방문의 특명은 새로운 먹을거리 찾기. 입구에 들어서면서부터 음식 제품을 바라보는 수경의 눈빛이 예사롭지 않다. 수경은 매의 눈으로 진열대에 놓인 상품들을 샅샅이 훑어본다. 자신이 먹을 수 있는 새로운 음식이 나왔는지 빠르게 눈으로 살핀다. 나는 뒤에서 휠체어를 천천히 밀다가 수경이 관심을 가지는 음식이 있다면 집어서 제품 이름에서부터 성분, 조리 방법 등을 요약해 설명한다.

"양송이 크림 수프? 뜨거운 물만 부으면 바로 먹을 수 있어. 요즘은 파스타도 이렇게 간편식으로 나왔네? 이건 전자레인지로……."

그리 썩 만족스럽지 않은 그녀의 표정. 양식 코너를 지나 한국식 국이나 탕 간편식을 둘러봤지만 딱히 먹을 수 있는 음식은 눈에 들어오지 않았다. 수경은 잠시 풀이 죽은 표정으로 다음 진열대 코너로 넘어간다.

안주거리와 간식 진열대를 지나자 수경의 눈빛이 다시 살아났다. 여러 제품들 사이에서도 특별히 그녀의 눈길을 끈 건 고구마 샐러드. 오래 잠자던 미각 세포를 깨워줄 음식이 결정되었다. 하나를 꺼내 올리자 수경의 눈빛이 다급해진다. 그 표정의 의도를 알아챘다. 하나로는 부족하다는 간절함. 내친 김에 세트로 나온 감자 샐러드와 맛살 샐러드도 두 개씩 나란히 집었다. 수경은 그제야 여유로운 안도의 미소를 되찾는다.

"갑자기 불타는 식욕! 도대체 몇 개를 먹겠다는 거야?"

바구니가 없어서 샐러드 여섯 개를 수경의 무릎 위에 쌓아 올렸다. 계산대로 향하기 직전 음료 코너에서 수경이 좋아하는 코코넛 과즙 음료와 바나나 우유도 선택해 그녀의 품에 담았다.

집 근처 곳곳의 가게를 둘러봤지만 오늘의 수확이 가장 크다. 얼마 전에는 마트와 집에서 가까운 다른 편의점을 둘러봤지만 소득이라곤 고작 행사 제품으로 나온 커피 몇 개와 젤리가 전부였으니까.

계산하는 사이 주인으로 보이는 나이가 지긋한 사람이 물었다.

"두 분은 어떤 관계예요?"

갑작스러운 질문에 잠시 머뭇거렸지만 나는 수경의 눈을 쳐다보며 대답했다.

"제 여자친구예요."

얼굴을 가린 마스크 뒤로 수경이 씨익 웃었다. 놀란 표정의 상대는 다른 추가 질문 없이 계산에만 집중했다. 가족 관계로 생각했던 것이 분명하다. 그래도 최악은 피했다. 가끔 사람들은 수경을 가리키며 제대로 보지도 않고 어머니냐고 묻는 경우가 허다하니까. 수경이 세상에서 가장 싫어하는 질문이다.

물건을 고르고 계산하는 30분 사이 하늘이 갰다. 오후 5시가 지난 시간, 해도 지고 날이 어둑해지고 있었다.

"저녁 먹으려면 서둘러야겠다. 안 멈추고 뛸 테니까 너도 달릴 준비해!"

수경의 세상에 없던 새로운 맛을 알기 위해 빗물이 고인 아스팔트 길을 내달리기 시작한다. 비가 지나간 골목엔 오직 휠체어 하나만이 도로를 가르며 질주하고 있다.

집

신림동 주변 골목길. 수경과 함께 걷던 그 거리. 익숙한 풍경이지만 어딘가 다르게 낯선 기분. 새로운 가게들이 들어서면서 풍경이 달라지고 우리가 함께 추억을 남겼던 곳들도 하나둘 사라지기 시작한다. 둘이서 자주 드나들던 우동집, 닭강정 가게, 카페, 오래된 중고 서점……. 다시는 이 길을 수경과 나란히 걸을 수 없다는 생각에 가슴 깊은 곳에서 쓸쓸함이 스쳤다. 함께 꿈을 꾸며 걸었던 거리, 앞날을 향한 기대로 부풀었던 우리였지만 이제 그 오랜 꿈과 가슴 벅찬 순간은 길가에 버려진 쓰레기 조각처럼 이름 모를 도로 위에 아무렇게나 흩어져버렸다.

모래시계의 마지막 알갱이들이 끝을 암시하며 떨어지듯이 우리에게 주어진 시간들이 사라지고 있다. 함께 마주보고 웃었던 그 선명한 기억을 얼어붙은 이 거리 위에 날려 보냈다. 익숙한 거리에서 길을 잃고 한참을 헤매다 집에 도착했다. 수경이 쓰러졌던 이곳에.

10년이 지난 지금, 나는 어째서인지 아직도 수경의 흔적이 가득한 그 공간에 혼자 남아 있다. 긴 시간이 지났지만 많은 것이 그대로다. 옷장에는 수경이 쓰러지기 직전까지 입었던 봄 옷들과 그녀와 함께 전 세계를 누빈 세계 각국의 기념품들이, 화장대 위에는 그녀가 쓰고 정리하지 못한 브러시와 오래된 화장품이 한 공간을 차지하고 있다. 세월이 지나고 세상은 바뀌었지만 우리가 함께했던 기억을 잃을 것 같아서 우리가 함께 보낸 이 공간을 떠나지 못했다.

고통스럽지만 벗어날 수 없는 모순적인 감정. 그 집을 지키며 수경을 향한 미안함을 씻어내려는 노력. 어느 것 하나 손을 대면 그녀의 기억이 사라질 것 같은 불안함 때문일까. 화장실 전등이 나가고 냉장고도 고장 났지만 수리하는 대신 불편함을 묵묵히 받아들였다. 눅눅한 집 안에 곰팡이가 걷잡을 수 없이 번졌지만 지금도 여전히 낯선 그 공간에만 들어서면 창문 여는 것조차 손이 가질 않는 이유를 나는 아직 알지 못한다.

2년 주기의 월세 계약 기간을 채울 때마다 보일러 교체와 배관 누수 같은 이유로 거처를 옮기는 게 나은 선택이라는 것을 분명히 알고 있다. 하지만 매번 결국엔 남기로 마음을 굳힌다. 이곳은 수경의 흔적이 남은 유일한 곳이기에. 그 공간을 향한 특별한 마음은 수경도 마찬가지였다.

사실 언젠가 한 번 집을 옮기기로 결심했을 때 마음을 고쳐먹은 결정적 이유는 수경이었다. 이사를 마음먹고 수경에게 알렸을 때 수경은 난처한 표정으로 내게 말을 남겼다.

진휘야, 그 집에 대한 기억을 되찾고 싶어. 내가 다시 추억할 수 있게 도와줘.

수경은 그 공간에 다시 돌아가 잃어버린 기억을 찾길 원했다. 쓰러지고 사라진 그 공간의 흔적. 기억 속 비어 있는 공백을 메울 마지막 퍼즐 같은 것일까? 수경의 표정이 금세 일그러졌다. 그리움 때문이었을까. 기억에선 사라졌지만 둘이 함께 있을 때 그 공간이 채워주던 아늑한 그리움.

"집에 돌아가고 싶어?"

조심스러운 질문에 수경은 그저 말없이 눈물을 떨궜다. 그녀도 그곳을 그리워하고 있었다. 돌아가고 싶어도 갈 수 없는 자신만의 특별한 공간을.

그곳은 수경에게 집 이상의 의미였다. 가파른 언덕 위에 위치한 집이었지만 처음 그 집을 구했을 때 기뻐하던 그녀의 얼굴을 기억한다. 서울의 원룸치고는 흔치 않게 공간이 넓었다. 침대 매트리스와 책상을 놓고 식기까지 채워 넣으니 적어도 집 같은 구색을 갖췄다. 싱크대 아래 뚫려 있는 빈 공간이 무섭다고 해서 내가 직접 포장지를 잘라 덧대 가렸던 기억이 난다.

"이제서야 내 집 같은 곳을 찾았어. 여기에서 뭐든 새롭게 시작해볼래."

수경은 그렇게 말했었다. 물론 그 다짐이 유지된 것은 응급차가 달려오기까지 고작 세 달뿐이었지만.

이제는 집에 대해 남아 있던 추억마저 잊히기 충분한 시간. 서울 전역으로 수도 없이 병원을 옮겨 다니던 때 언젠가 수경이 입원한 병원이 그 집과 멀지 않아서 그녀를 차량에 태우고 그곳으로 향한 적이 있다. 어렴풋이 전해지는 기억의 파편들. 수경은 도착하기까지 내내 익숙한 그 거리의 기억이 날 듯 말 듯 들뜬 기색이었다.

언덕 위로 아슬아슬하게 내려 비탈진 집으로 조심스럽게 올랐다. 건물 문턱 계단을 만나자 수경과 함께 들어가는 일이 위험하게 흘러갔다. 휠체어가 통과할 수 없는 건물 입구에서 수경을 안아 올려 집 안으로 들어갔다.

집 내부를 찬찬히 둘러보는 수경의 표정에선 난처함이 묻어났다. 이제는 조금도 익숙하지 않은 공간. 새로운 출발로 들떴던 그때의 추억들은 마치 처음부터 존재하지 않았던 것처럼 기억 속에서 사라졌다. 그 공간에서 돌아서기까지 풀리지 않는 궁금증만이 씁쓸한 뒷맛을 남겼다. 그 이후 더는 그 집을 방문할 기회가 수경에게 주어지지 않았다.

시간은 또다시 우리를 붙잡고 늘어지고 있다. 수경의 마음에도 풀리지 않는 숙제처럼 늘 그 집이 자리를 잡고 있다. 여느 사람들처럼 마음 놓고 제 집에 드나드는 그런 평범한 일이 수경에게는 10년째 일어나지 않는 기다림이 되었다. 그러나 지금도 수경은 그곳에 다시 돌아가리란 소망을 놓지 않는다. 언젠가 나와 함께 다시 돌아가겠다고. 결국 나는 이곳에 남아 있기로 결심한다. 수경과의 약속을 지키기 위해.

바다

여행에서 만나 함께 세상을 누비
자고 했던 그녀. 수경이 바랐던, 이제는 아득히 멀어진 꿈. 그
미완의 꿈이 가끔씩 나를 찾아와 괴롭힌다. 수경은 온갖 복잡
한 의료장비와 기구들 사이, 구석진 자리의 좁다란 침대 위에
서 세월을 보내고 있다. 이제는 걷는 것보다 누워 지내는 것
이, 말하는 것보다 듣는 것이, 표현하기보다 참는 것이 익숙해
져버렸다. 40여개 나라를 여행했던 기억이 마치 낯선 누군가
의 빛나는 공연이었던 것처럼, 조명이 꺼진 그곳엔 주인공도
무대를 바라보는 관객도 없다.

그녀도 누구보다 잘 알고 있다. 집 문 밖을 벗어나 바깥 세

상을 경험하는 것이 금단의 비밀이 되었다는 사실을. 자신에게 그어진 그 작은 울타리를 벗어나면 당장 큰일이라도 일어날 것처럼 낯선 세계를 향한 두려움은 수경의 마음의 빗장을 더욱 굳게 잠근다.

언젠가부터 수경에게 말하면 안 되는 금기 질문들이 생겨났다. 어디 놀러 가고 싶은 곳 있어? 먹고 싶은 음식은? 수경이 속하지 못한 세상의 이야기이다. 더는 함께가 아닌 나 혼자 누려야 하는 세계. 조심해야 할 이야기가 넘쳐 나지만 무엇보다 수경이 누리지 못하는 세상의 이야기로 그녀가 박탈감을 느끼지 않도록 주의하며 지내는 것이 내 일상이 되었다.

모든 것은 지나간 과거의 추억으로 남겨두기로 했다. 내가 혼자서 여행 다니기를 꺼리고, 맛있는 식사 자리 앞에서 주저하는 이유가 수경에 대한 미안함 때문이라는 것을 그녀도 알까. 혼자만 아름다운 풍경을 보고 특별한 식사를 하는 일이 더는 즐겁지 않고 괴롭다는 사실을 깨달았기 때문이다. 나는 앞으로 주어진 시간 동안 오직 절반의 세상을 살아야겠다고 생각했다.

어느 날 수경을 돌봐주시는 오전 활동 보조 선생님이 수경에게 가고 싶은 곳이 있느냐고 물어봤다고 했다.

"수경 씨가 어딜 가고 싶어하는 줄 아세요? 바다래요."

그 얘기를 옆에서 직접 듣고 있던 수경의 얼굴이 수줍게 밝아졌다. 이상하게도 내 마음은 편치 못했다. 사실 너무나도 예상한 대답이었는데.

수경의 세계와 너무나도 먼, 바다.

수경이 가장 좋아했던 장소, 바다.

수경이 있는 이곳 내륙 도시에서 가장 가까운 바다로 나가기 위해서는 적어도 왕복 6시간이 소요될 것이다. 아프고 나서 멀미에 취약해진 신체와 휠체어에 오래 앉아 이동할 수 없는 수경의 상태를 생각하면 역시나 무리라는 것을 알고 있다. 끝없이 꼬리를 무는 걱정들. 유동식은 어떻게 공급하고, 기저귀는 어디서 갈지? 약은 어떻게 투여하고? 석션을 하지 못해서 가래가 끓을 텐데. 꼬리뼈의 욕창 위험은 어떻게 하지? 생각을 거치지 않아도 떠오르는 번거롭고 현실적인 질문들. 이미 머릿속으로는 답을 알고 있다. 지금까지 수경에게 바다에 가자는 말을 꺼내지 않은 이유도. 바다에 나가 백사장에 발을 묻고 파도를 바라보며 짠기 머금은 바람을 맞는 그 사소한 일이 누군가에게는 일평생의 소원이 되기도 한다.

돌이켜보니 연인이 되고 나서 수경과 바다를 보러 간 적은 한 번도 없었다. 그녀와 함께한 바다는 언젠가 우리가 함께 보았던 스리랑카에서의 바다가 전부였다. 7시간 가까이 버스를 타고 스리랑카 남부 갈레 지역에 도착한 우리는 네덜란드 식민지 시기와 현지 문화가 뒤섞인 독특한 건축 양식을 눈에 담으며, 그 더운 날씨에 인도양 바다 앞에 섰었다. 그때 누군가가 우리를 향해 꽃다발을 선물로 내밀었다. 마치 우리가 오기를 기다리기라도 했다는 듯이. 수경은 그 꽃다발을 아무렇지 않게 받아 손에 쥐고, 바다에서부터 불어오는 바람을 맞으며 눈을 감고 조용히 파도소리에 귀를 기울였었다. 그때를 기억하다가 무턱대고 말이 튀어나왔다.

"수경아, 우리 바다 보러 갈까?"

그리고 곧 내 입가에는 쓸쓸한 웃음이 걸렸다. 수경의 머리를 쓰다듬으며 어색하게 꺼낸 이 한마디가 스스로 지키지 못할 약속이란 걸 알기에. 수경도 불가능하다는 것을 알면서도 애써 미소 짓는다.

언제가 될지 모르지만 우리에게 이루고픈 소원이 하나 생겼다. 햇살 따뜻한 날 나란히 백사장을 걷는 그날이 오기를. 지금보다는 덜 아픈 모습과 덜 괴로운 마음으로.

선물

다가오는 수경의 생일. 이번엔 무슨 선물을 하면 좋을까. 5월까지 한 달 이상 여유가 있었지만 고민이 늘어갔다. 쌓인 시간만큼 지금까지 많은 선물들을 주었다. 주로 무엇인가를 구매하는 대신 정성을 담은 선물을 만들어 주길 즐겼다. 직접 꾸며 만든 사진첩, 일기를 모아 펴낸 책, 직접 디자인한 양말, 실물보다 예쁘게 그려준 그녀의 얼굴, 작곡한 노래 불러주기, 재질 선정부터 제작까지 직접 한 머리핀 7종 세트, 이제는 곰팡이가 피어버린 눈사람 스노우볼, 병상 위 그녀의 시선이 닿는 곳에 놓아둔 벽시계까지. 그녀를 위한 단 하나뿐인 선물로 기억되도록. 아무리 시간을 들이고 정성을 쏟아도 부족하기만 했다.

직장에 다니면서부터는 선물을 만들 여유가 사라졌다는 핑계를 대며 돈으로 해결하기 급급했다. 이왕이면 마음에 들어 할 선물을 고르지만 백화점을 방문해도, 온라인 쇼핑몰을 둘러봐도 정작 수경에게 필요한 물건은 눈에 띄지 않았다. 옷도 가방도 액세서리도 불필요한 수경이 목욕하면서 사용할 바디 스크럽이나 스킨, 로션, 핸드크림, 향수 같은 미용용품이 내가 생각할 수 있는 선물의 전부였다.

"생일날 혹시 받고 싶은 선물 있어?"

수경과 함께 산책하던 도중 날린 기습 질문이었다. 잠시 골똘히 생각에 잠겼던 수경은 이윽고 알 수 없는 미소를 지으며 눈빛으로 신호를 보냈다. 그녀의 눈동자로 짚어낸 단어는 다름 아닌 '운동화'.

수경의 세계엔 없는 단어다. 벌써 10년째 수경은 신발 없는 삶에 적응해 지내고 있다. 오직 침대 위, 강직으로 쭉 뻗은 다리. 수경이 신는 신발이라고는 병원 치료에 갈 때나 착용하는 뒤틀림 방지용 발목 보조기가 전부였다. 땅을 디딜 일이 없는 수경의 세상에서 운동화는 오직 과거의 전유물일 뿐이었다. 몇 번이고 되물어보았다. 내가 찾은 단어가 맞는지. 그녀는 대체 왜 운동화를 택했을까?

"병원 갈 때 신을 거야? 어디에 어떻게 쓸 거야?"

쓰지도 못할 물건을 갖고 싶다는 그녀의 진심은 대체 무엇일까. 수경은 첫 질문을 받았을 때와 같은 미소를 짓고는 말했다.

다 나으면 신으려고.

수줍게 눈으로 답한 수경은 기대에 부푼 표정이었다.

사실 너무나 당연한 대답이었다. 수경도 운동화를 신을 자격이 있는 사람이니까. 한때 운동화를 신고 걷는 것이 너무나도 당연했었다. 그제야 깨달았다. 10년이 지나도록 수경은 포기하지 않았다는 사실을. 언젠가 다시 두 발을 딛고 전 세계를 누비던 그때의 순간으로 돌아가리라는 꿈을 여전히 꾸고 있다는 사실을. 다시는 돌아오지 않을 것이라고 생각하는 순간을 수경은 지금도 진심을 담아 기다리고 있었다. 기나긴 시간 동안 침대 위에서 꼼짝 못 하는 생활이 이어지고 있지만 수경의 마음은 좌절을 허락한 적이 없다.

수경의 대답은 순간 내 마음에 파장을 남겼다. 우리가 숱한 역경의 시간을 함께 보내며 여기까지 달려왔지만 지금까지 서로 다른 세상을 바라보고 있었다는 사실이 충격이었다. 누구보다 수경을 잘 이해하고 있다고 믿어왔다. 그녀를 내 일부처럼 여기며 부서지지 않도록 소중히 돌봐왔지만 진정 그녀의 시선에서 세상을 바라보지 못했다. 말로는 희망을 이야기하고 회복을 전했지만 수경과 같은 마음으로 기적을 기다리지 못했다. 어쩌면 당연한 걸까? 그녀의 처지로는 단 하루도 살아보지 못했으니까.

사실 수경도 이제는 포기했을 거라고 여겼었다. 입을 움직여 말을 했던 순간도, 중력을 거슬러 땅을 발로 디디고 섰던 감각도, 이제는 낯설기만 할 세계 여행 각지에서 살아있음을 느꼈던 기억들도. 희망보다 좌절의 시간이 길었고, 속절없이 흘러가는 시간 속에서 회복의 꿈은 점점 멀어졌으니까. 그런데 그 순간 수경의 마음을 조금은 알 것 같기도 했다. 수경이 바라는 선물은 희망이자 미래였다.

그래, 그 간절한 꿈 지켜줄게. 너무 오래 걸려 돌아왔지만 아직 늦지 않았기를.

"그럼 어떤 브랜드가 좋을까? 나이키, 아디다스, 뉴발란스, MLB, 아님 컨버스? 어떤 게 너에게 가장 잘 어울릴까?"

기대에 들뜬 수경이 어깨까지 들썩이며 활짝 웃었다. 공원에서 터진 둘의 웃음소리가 한동안 공중으로 퍼져 나갔다.

생일날, 멀리서도 잊지 않고 수경의 소중한 친구 다섯이 찾아왔다. 이제 각각 가정을 갖고 서로 다른 모습으로 살아가지만 오늘만큼은 20년 전처럼 과거로 돌아가 함께 웃고 추억을 나눈다. 그리고 대망의 선물 증정식. 친구들이 준비한 갖가지 선물들이 수경의 품에 안겼다. 풍성한 장미 꽃다발과 온갖 화장품, 옷 선물을 한아름 안고 수경은 그 순간 세상에서 가장 행복한 표정을 지었다.

이윽고 마지막 차례, 선물 포장지를 벗기고 고심해서 고른 새 운동화를 박스에서 꺼내 수경의 발에 신겼다. 수경의 따뜻한 마음을 닮은 베이지색 가벼운 신발. 10년 만에 신어보는 운동화였다. 휠체어에 앉아 활짝 웃는 수경의 시선이 온통 자신의 발을 감싼 운동화로 향했다. 마치 잘 어울리는지 거울 앞에서 포즈라도 취할 것처럼. 이제 남은 건 단 하나. 그대로 일어나기만 하면 된다.

평소와 다른 특별한 하루의 기쁨이 수경을 평화로운 단잠으로 이끌었다. 나는 수경이 받은 선물들을 하나씩 정리해 수납장에 옮겨 넣었다. 운동화도 다시 박스에 넣어 서랍 속에 보관해두었다. 이 선물들은 앞으로 영영 빛을 보지 못할지도 모른다. 하지만 이 운동화가 남아 있는 한 수경의 삶은 끝이 아닐 것이다. 남들은 이해하지 못할 둘만의 비밀스런 이야기가 이렇게 또 하나 쌓여간다.

미소

봄이 지나 여름으로, 짧은 가을은 곧 겨울로. 겨울이 녹으면 어느덧 봄. 계절은 무한히 반복하며 돌아오지만 결코 돌아오지 않는 것. 이제는 그 의미를 찾는 일도 낯설다. 매일 아침 눈뜨면서 절망을 반복하고 있을지도 모른다. 창 틈으로 새어 들어오는 햇빛 하나 스스로 가릴 수 없는 뒤틀린 손가락과 안으로 말려 펴지지 않는 팔. 평생 땅을 디딜 수 없는 굽은 다리. 멀뚱멀뚱 눈동자만 감았다 떴다 간신히 숨만 쉬며 보내야 하는 하루하루. 무한히 흐르는 세월 앞에 시간을 죽여야 하는 일이 수경의 침대 위에서 수만 번 반복되고 있다.

더 이상 현재를 즐길 자유도, 미래를 향한 기대도, 삶의 결정권도 사라진 오늘. 비틀린 양손에는 어느 것 하나 남아 있지 않지만, 현실은 잃어버린 것을 한탄하지 말고 있는 그대로를 받아들이라고 말한다. 여전히 끝나지 않는 의문의 시간. 돌아보면 수경에게 닥친 일은 그 시절 어렸던 우리가 감당하기에 너무나도 벅찬 일이었다.

오랜 시간이 지났지만 현실은 여전히 낯설고, 주말마다 수경을 만나러 내려가지만 그녀를 만나는 일이 편치만은 못하다. 그럼에도 불구하고 수경 앞에 서면 늘 그녀에게 웃음을 주기 위해 노력한다. 수경이 나로 인해 웃을 수 있다는 게 나에겐 더할 수 없는 기쁨이다. 수경이 의식 불명 상태에서 깨어나 가까스로 뜬 왼쪽 눈에선 어떤 생명의 기운도 느껴지지 않았지만 그녀의 불완전한 웃음이 아직 살아있다고 말해주었다. 나의 장난스러운 말과 과거의 추억담에 조금씩 반응하며 보이는 그 미소가 우리가 아직 연결되어 있음을 느끼게 했다. 이전과 다른 방식이지만 여전히 우리가 다시 마음을 주고받을 수 있다는 것을 알게 되었을 때, 나는 무척 기뻤다.

무의식 중에서도 수경의 웃는 시간은 하루가 다르게 많아졌다. 끝없이 재잘거리는 내 이야기에 온 정신을 집중해서 들으려는 미묘한 표정의 변화를 읽을 수 있었다. 그녀의 기억 속에서 선명하지 않을 이야기들이 수경의 빗장 친 마음을 두드리고 열고 들어가 자고 있던 수경을 깨우기 시작한다.

웃음이라는 소통의 가능성을 발견한 이후 수경 곁에서 말하는 횟수는 더욱 잦아졌다. 몇 번이나 반복된 이야기였는지 모르지만 의식을 잃었던 수경은 매번 그런 식상한 이야기라도 지루해하지 않았다. 아물지 않은 머리 수술 절개 부위의 상처로 인한 고통으로, 기도에 달라붙은 피딱지가 호흡을 가로막는 절박한 순간에도 수경은 내 목소리에 웃음을 잃지 않았다.

그렇게 수경은 다시 내게 돌아왔다.

* * *

늘 그렇듯 수경은 지금도 내 곁에서 내 말에 귀 기울인다. 삶이 짓밟혀 어느 것도 위로가 되지 않을 때에도 그녀는 내 사소한 말장난과 익살스러운 표정에 미소 짓는다. 웃음이 있어 고통스러운 하루가 길지 않다. 때론 모진 말로 수경의 마음을 다치게 하고, 그녀가 내 모든 고통의 시작인 것 같아서 그녀를 몰아세울 때도 있지만 끝내 수경의 맑은 미소는 모든 것을 정화시킨다. 세상은 우리에게 절망을 주었지만 그 절망에 반응하는 방법은 우리가 결정할 수 있음을 생각하게 한다. 그녀가 살아있음을 확인하는 짧은 순간, 수경의 입가의 작은 미소가 언제까지라도 계속되기를, 우리가 언제까지나 웃으며 함께할 수 있기를 바란다.

내가 할 수 있는 일은 오로지 그녀 옆에 있어주는 것.

남겨진 삶을 버틸 수 있게 도와주는 것.

그녀의 손과 발, 목소리가 되어주는 것.

눈빛만으로도 그녀의 마음을 알아주는 것.

그녀의 영혼까지 사랑하는 것.

인사

젖어버린 날들은 내 안에 가만히 침강하고

억눌린 순간은 그 안에 고스란히 잠겨

깊은 열망에 맞닿는다

어떤 날 찾아올 나의 기다렸던 격정-

그 날을 위하여

오늘이 이토록 잠잠할 테지,

언젠가 제목 없이 쓰인 너의 시처럼 네 세상은 온갖 소란하고 화려한 세계를 차단하지. 오직 고요와 적막만이 감도는 공간. 빛도 어둠도 의미를 잃는 무의 연속. 그 속에서 너는 새로운 세계를 꿈꾸며 한없이 웅크리고 있어. 다시 날아오르길 갈망하면서.

나는 오늘도 너를 생각해. 아무도 모르게 숨겨둔 추억을 꺼내 마음껏 웃었다가, 우리가 처한 현실에 잠에서 깨어나 주저앉기도 하지. 우리가 다다를 미래는 어떤 결말일까. 마지막 종착지에서 빚어진 서로의 모습은 어떤 색깔일까. 그때에도 우리는 같은 곳을 바라보며 지금처럼 서로의 온기를 느낄 수 있을까. 맞잡은 손을 놓지 않은 채로.

험난하기도 했지. 가는 곳마다 막다른 벽이 앞길을 막아섰고 폭풍우가 몰아쳤어. 추위에 떨고 있을 새도 없이 아득한 깊은 밤이 우리를 덮쳤지. 이제 마지막이야. 우리가 이야기의 끝에 와 있다는 걸 알고 있거든. 슬퍼하지는 마. 세상에 결말이 슬픈 동화도 있잖아. 「행복한 왕자」 같은 동화 말이야. 모든 것을 잃고서도 심장마저 내어준 주인공처럼 아름다운 이야기의 마지막이 꼭 행복할 필요는 없을 거야. 그렇게 우리의 이야기가 쓰여 있는지도 몰라.

너를 떠나보내는 날이 언젠가는 찾아오겠지? 웃으며 너를 보낼 수 있을까? 떠나려는 너를 눈물로 붙잡고 애원할까? 아직 머리에 그려지지 않아. 그래서 우리가 같은 날 눈감는 상상으로 대신하곤 해. 언젠가 네가 말했던 것처럼.

만약 우리의 장례식이 열린다면 무슨 음악이 울려 퍼지면 좋을까. 이소라, 넬…… 네가 사랑했던 아티스트의 음악들. 하지만 마지막까지 슬픈 멜로디가 작별 인사를 전할 이들에게 전달되지 않았으면 해. 나는 이 음악이 흘러나왔으면 하거든. 블루 미첼의 〈I'll Close My Eyes〉. 차디찬 파란빛 속에 감도는 따뜻함이 우리의 마지막을 비춰줬으면 해서. 리듬 변화가 난무하지만 한결같이 감싸주는 포근함, 이 노래는 널 닮았어.

우리의 마지막 여행은 바람을 타고 급류를 타고 멀리 저 멀리 나아가기를. 언젠가 사뿐히 내려앉았다 사라진 따스한 기억처럼, 스르르 달콤한 선잠에 빠지듯, 기분 좋은 아침의 기상을 꿈꾸듯, 찬란한 빛을 껴안고 멀리 경계선 너머로 날아갈 수 있기를.

어두운 하늘에 우두커니 떠 있는 보름달이 지금 마지막 불빛을 전하고 있어. 커튼 틈새로 들어오는 달빛이 너를 비추고 있어. 오늘도 불 꺼진 방에서 잠든 너를 바라봐. 차라리 나였다면. 아프고 괴로울 운명이 내 것이었다면.

가끔 이런 생각을 하기도 해. 너는 나를 위해 지금까지 남아 있었던 걸까? 우리가 함께하는 한 너와 나의 약속은 깨지지 않을 테니까. 기억나? 우리의 만남이 있고 꿈에 그리던 곳에서 재회가 이루어졌잖아. 운명 같은 재회였지. 가장 아름다운 곳에서 우리는 나란히 손을 잡고 걸었어. 그 길지 않은 시간 동안 우리는 서로의 결정이 옳았다는 걸 확인했어. 약속의 도시에서 다시 기약을 하고, 또 헤어졌다 만나기를 수차례, 우리가 다시 만났을 때 너는 두 손을 걸고 내게 약속했어. 이제 우리 다시는 떨어지지 않을 거라고.

언제나 너는 유목민처럼 살고 싶다고 했었지. 이 세상 한곳에 자리를 펴고 살기보다 언제나 그 너머의 변화를 꿈꾸며, 때에 따라 계절에 따라 모든 것을 뒤로한 채 떠나는 유목민의 삶에서 스스로를 발견하곤 했어. 배낭 하나 짊어지고 떠나야 했던 너의 삶에는 그런 유목민의 설움과 기대가 동시에 자리잡고 있었던 것 같아.

너는 여행이 끝날 무렵 이 험난하고 새로운 여정이 우릴 기다리고 있었다는 것을 알기나 했을까? 아무 예고 없이 거친 풍랑을 마주한 아이처럼 아무런 손쓸 틈 없이 이 고통의 여정에 뛰어들어야만 했어. 그리고 결코 상상조차 할 수 없었던 일이 벌어지고 말았어. 너를 내 눈앞에서 잃는 일. 어떻게든 시간을 멈추고 싶었어. 무참히 흐르는 시간 앞에서 죽음에 이르는 널 두 손 놓고 바라보는 것 말고 할 수 있는 것이 없었으니까. 그저 한순간도 눈 감지 않으려고 했어. 다시는 돌아오지 않을 순간이란 걸 너무나도 잘 알고 있었으니까. 죽음을 향해

가던 너는 마지막 안녕, 인사 한 번 전하지 못하고 멀어졌지.

하지만 힘없이 쓰러져가는 너의 곁에서 나는 네 손을 꼭 잡았어. 우리의 약속을 기억하며 수도 없이 네 이름을 불렀어. 그리고 이 힘든 시간을 지나오며 깨달았어. 우리의 약속은 깨지지 않아. 우리가 고통 속에 이 길을 걷고 있지만, 이 여정 속에서 우리의 진정한 모습을 발견할 수 있었어. 그리고 이 여정은 찬란한 희망이 되어 우리를 환히 비춰줄 거야.

안녕, 내 사랑.

10년

수경이 갑작스럽게 쓰러졌고, 그
로부터 10년이 흘렀다. 수경은 지난 10년 간 침묵 속에서 한
결같이 미동이 없다. 그녀를 되돌리기 위해 매달렸던 노력들
이 속절없이 무너지는 동안 우리의 가장 아름다운 순간은 움
한번 제대로 틔우지 못하고 맥없이 쓰러져갔다.

모든 것이 시작되었던 그날의 기억. 갑작스레 찾아온 뇌출
혈로 그녀의 삶은 산산조각 부서져버렸다. 가까스로 목숨을
부지했지만 수경이 의식을 차렸을 때는 이미 온몸이 마비되
어버린 채였다. 모든 신체 기관은 기능을 멈춰버렸고 멀쩡한
정신만이 무기력한 하루의 지루함을 견뎌낼 뿐이었다. 더 이

상 움직일 수도, 누군가의 도움 없이는 단 하루도 생명을 보전할 수도 없는, 죽음에 가까운 모습으로. 내가 알던 그녀는 오로지 과거 속에서만 살아 숨 쉬고 있다. 이젠 그 기억들도 오래된 박제처럼 생기를 잃어간다.

하루 아침에 신생아가 되어버린 수경은 절대적인 보호가 필요한, 언제라도 부서질 듯 여린 존재와 같았다. 시간이 흐를수록 자라며 생기를 내뿜는 아이와 달리 시간의 끝 어떤 미래도 그려지지 않는다는 것이 그녀와 아이의 가장 큰 차이일 것이다. 희망이란 단어는 자연스럽게 뇌리에서 지워졌다. 거칠게 숨을 몰아쉬는 그녀를 조용히 지켜볼 따름이었다.

그러나 수경은 나와 달랐다. 무자비한 고통이 매일같이 목숨을 위협하는 순간에도 그녀는 어째서인지 포기하지 않았다. 오히려 그 절망에 끝이 있기라도 하듯이 자신에게 주어진 현실을 온몸으로 받아내기로 작정한 것 같았다. 생사의 흔들림 앞에서도 자신의 망가진 인생을 저주하지 않았다. 운명에 굴하지 않았다. 죽음의 문턱에서 삶을 동경했다. 더 이상 굳어서 움직이지 못하는 입술로 희망을 노래했다. 뒤틀린 손가락으로 기적을 붙잡으려 했다. 언제나 자유를 바라고 꿈을 그리며 삶을 긍정했던 그녀다웠다. 그녀는 온몸으로 내게 말을 걸고 있었다.

"나는 살아있어. 살아나고 싶어."

*　*　*

그래서였을까? 수경의 처절한 사투, 살기 위한 애처로운 몸부림을 외면할 수 없었다. 마지막일지 모를, 꺼져가는 생명의 불씨를 두 손으로 감싸 지켜주고 싶었다. 불씨가 사르르 사그러져도 내 두 손으로 감싸 안고 그 마지막 장엄한 순간을 맞이하고 싶었다. 단지 그뿐이었다.

10년 전 그녀 곁에 남기로 마음먹은 이후 지금까지의 일은 너무나도 당연하게 흘러갔다. 그녀 대신 머리를 감기고, 음식을 떠먹이고, 양치질을 해주고, 침을 닦아주고, 손톱을 깎아주고, 얼굴을 긁어주고, 잠을 재운다. 심지어 수경 혼자서는 힘을 쓰지 못해 자유롭지 못한 배변 활동까지도. 그녀의 배를 눌러가며 대소변을 받아내고 기저귀를 교체하는 일이 이제는 자연스러운 내 일부가 되었다.

물론 괴로운 날은 많았다. 하지만 눈물 짓다가도 함께 웃었고, 오지 않을 미래를 속삭이기도 하고, 장난을 쳤다. 큰소리를 질러가며 다투었다가 상처를 입히기도 토라지기도 하며 여느 연인과 다를 바 없이 서로 사랑하고 사랑받으며 마음을 주고받는 우리를 발견하기도 했다. 처한 환경이 다를 뿐 우리의 관계와 사랑의 근본적인 속성은 달라지지 않았다고 생각했다. 지나간 시간이 겹겹이 쌓일수록 서로에게 결속되고, 그럴수록 매정한 현실은 더욱 멀게 느껴졌다.

내 10년의 시간이 결코 가벼웠거나 견디기 쉬웠던 것은 아니다. 마법 같은 사랑의 힘으로 우리를 삼키려는 고통을 단번에 제압하거나, 희망을 버리지 못한, 순애보 차원조차 초월한 사랑을 이야기하려던 것은 더더욱 아니다. 거대한 죽음의 그림자 아래 언젠가는 무로 돌아갈 그녀를 지켜보는 하루하루가 지금도 내게는 늘 편치 못하다. 앞이 보이지 않는 내일의 시간 속에서 언제나 깊은 무력감과 싸우고 있다. 그녀의 마지막이 언제일까, 오늘일까 내일일까. 마지막까지 지금처럼 지켜낼 수 있을까. 해답 없는 난제 앞에 내 마음은 위축되고 확고했던 다짐도 바닥나기 시작한다. 갑작스레 찾아와 우리의 가장 특별했던 순간을 파괴한 그날 이후 하루하루 시간의 무게를 짊어지기는 버겁고, 애써 살아갈 의미를 발견하기란 언제나 고통스러운 숙제와도 같다.

가끔 내가 선택하지 않은 결정들을 떠올려본다. 전혀 다른 삶의 환경에서 웃고 있는 나. 그래도 부딪히며 살아갈 것이다. 세상의 고통과 불의에 도전하고 맞서며 더 나은 미래가 기다릴 것을 믿으면서. 그렇게 삶에 허락된 마지막 날까지 나 자신을 증명하려 노력했을 것이다.

한때는 내 이름에 담긴 의미처럼 거창하게 살고 싶었다. 위기에 처한 수많은 사람들을 돕는 삶. 이제는 언제 그런 결심을 했는지조차 잘 떠오르지 않지만. 사람이 이름대로 산다는 말은 진짜일까? 진부한 그 말대로 삶의 궤도를 이탈해 조금은 인생길을 돌아가게 되었지만 나는 후회하지 않는다.

옛 사진첩을 열어 보다 찬란하고 행복한 순간을 떠올렸다. 버스 터미널에서 수경을 처음 만났던 순간, 파리의 센 강변을 따라 손잡고 걸었던 겨울 밤, 프라하 카를 교 위에서 바라본 새해 불꽃놀이, 고즈넉한 가을 삼청동 거리. 나도 모르게 올라간 입술. 그러나 불현듯 다가온 현실의 무게. 힘없이 주저앉는 옅은 미소. 매 순간 우리가 처한 현실을 깨닫고 느끼는 쓰라린 패배감. 또 다른 10년도 다르지 않을 것이다. 매일같이 나를 지우는 일. 매일같이 너를 새기는 일. 그것만으로도 충분한 날이 올까?

무기력한 날들 속 어떤 차이를 발견하는 것. 어제와 오늘, 과거와 미래, 너와 나, 삶과 죽음 사이에서 무언가 작은 변화와 숨겨진 의미를 발견하는 일. 그것이 내가 지금 그녀와 함께 살아가게 하는 유일한 원동력이다.

내가 누군가를 구휼할 인생을 살 운명이라면 수경은 내 인생을 다 바칠 만큼 가치 있는 사람이란 걸 안다. 내가 할 수 있는 어떤 일보다 위대한 일은 바로 한 사람의 곁을 지키는 것 오직 하나뿐이다.

하늘

　　　　　　　　　어느 토요일 오후 3시, 바깥 날씨
영하 10도. 수경의 침대 왼쪽으로 커튼을 젖히니 온통 새하얀
풍경이었다. 밖으로 나가 보지 않아도 쌩쌩 부는 찬바람이 몸
을 에워싸는 것 같은 한겨울 추위를 실감하게 했다. 인적 없이
텅 빈 거리를 보니 추위가 더욱 매섭게 피부를 관통했다.

　나는 창문에서 눈을 떼고 고개를 돌려 수경에게 말을 건
넸다.

　"좋아, 나갈 준비됐어?"

　내복 하의와 두꺼운 털바지, 양말 세 겹을 덧신고 그 위에
두터운 다리 토시까지 착용하고서 발목 보조기를 부착한 수

경. 상의는 병상복에 털 조끼를 걸치고 그 위로 갈색 양털 후리스를 덧입었다. 양손에는 내가 1000일 기념으로 선물했던 벙어리 장갑, 머리에는 엄마가 사준 털 귀마개 모자를 썼다. 휠체어에 앉은 수경 위로 두꺼운 담요를 두 겹이나 감쌌다. 마스크로 코 위까지 가리고 겨울에 어울리지 않는 선글라스까지 착용하고서 수경은 나갈 준비를 마쳤다. 마지막으로 수경이 가장 아끼는 향수를 목과 양손에 뿌리고서 그녀에게 말했다.

"그럼 출발해볼까?"

수경은 대답 대신 수줍게 웃었다.

목적지는 수경의 집에서 1km 거리에 있는 탁 트인 잔디 공원. 수경이 가장 좋아하는 장소다. 공원 뒤로는 널따란 정원도 있어서 계절에 맞게 여러 종의 나무와 꽃들이 정성껏 가꾸어져 있다. 우리는 공원에 들러 단풍나무 아래 벤치에 앉아 햇볕을 쐬고 대화를 나누며 둘만의 시간을 보내곤 한다.

매주 위험천만한 산책 여정이 반복된다. 인도의 울퉁불퉁한 보도블록은 수경이 다니기에 적합하지 않아 우리는 차도로 달린다. 공원까지 차가 쌩쌩 다니는 8차선 도로를 지나는 것은 언제나 위험한 일이다.

비가 와도 눈이 와도 그 공원은 우리의 유일한 대화의 장소다. 그날도 한파주의보가 내렸지만 수경은 겁도 없이 공원에 나가겠다고 했다. 이미 거리마다 눈이 수북이 쌓여 도로에 진입하는 것조차 쉽지 않은 날씨였다.

예상보다 바람은 맹렬했다. 이럴 줄 알고 나는 미리 대비에 나섰다. 내가 선택한 것은 얇은 실내용 바지와 맨발에 슬리퍼 차림. 휠체어 위에 가만히 앉아 나보다 몇 배나 더한 추위의 위협에 떨고 있을 수경을 의식한 대응이었다. 수경과 나서는 겨울 산책에 내 대비책은 늘 외투 하나면 충분했다. 도로를 건너기 위해 두리번거리는 동안 세찬 바람을 맞아 나도 모르게 흐르는 눈물을 몇 번이고 훔쳤다.

담요를 여러 겹 꽁꽁 싸맸지만 수경도 춥기는 마찬가지였다. 바람에 벗겨진 담요를 다시 목 끝까지 끌어올려 감쌌다. 시도 때도 없이 아래로 처지는 마스크를 코까지 올려 씌웠다. 지독한 한파를 뚫고 도착해 보니 겨울 공원엔 우리 둘밖에 없었다.

"이 추위에도 공원에 나오겠다니 너 정말 단단히 미쳤구나?"

수경은 얼어붙은 얼굴로도 웃음을 멈추지 않는다.

밤새 내린 눈으로 소복이 쌓인 공원. 새하얀 세상. 아무도 밟지 않은 눈 위를 지나는 동안 유일한 흔적이라곤 휠체어 바뿐이다.

"여기가 좋겠다."

나는 공원 한가운데 자리를 잡고 휠체어 뒷가방에 담아 왔던 연과 얼레를 꺼냈다. 익숙한 손놀림으로 연을 들고 천천히 실을 풀기 시작했다.

연은 꺼내자마자 매서운 겨울 바람을 타고 하늘 높이 솟구쳤다. 연을 바라보는 수경의 눈빛이 반짝거린다. 얼레를 풀고 풀어 더 이상 풀 수 없을 때까지 실을 풀어놓았더니 연은 아득히 멀어져 더 이상 맨눈으로는 형체를 가늠하기 어려울 정도로 높이 날았다. 바람을 타고 공중에서 위태롭게 흔들리다가 다시 제자리를 찾고 꼬리를 뒤흔들며 다시 하늘로 솟구치는 연을 수경은 그 어느 때보다 집중해서 바라보았다.

공원을 처음 발견했던 날, 우리가 이곳에서 함께 즐기기 위한 방법이 뭐가 있을까 고민하다 선택한 것이 바로 연날리기였다. 공원을 찾는 많은 연인들이 반려견과 산책하거나, 그늘 밑에 누워 휴식을 즐길 때 우리는 공원 중앙에 서서 나란히 연을 공중에 띄우고 하늘을 향해 고개를 든다. 마치 저 연처럼 우리도 저 높이 날아오를 수 있기라도 할 것처럼. 위태롭게 흔들리며 요동치는 저 연도 언젠가는 하늘 위에서 당당히 자리를 잡고 누군가에게 희망의 이정표가 되어줄 수 있을 것처럼.

강풍이 불어 연이 공중에서 크게 한 바퀴 원을 그리더니 그대로 땅으로 곤두박질쳤다. 땅에 떨어져 더 이상 날 수 없는 연을 보자 불현듯 수경의 모습이 겹쳤다. 가장 찬란한 순간에서의 추락. 수경과 닮은 모습이었다. 공원 담 너머로 떨어진 연은 앙상한 나뭇가지에 걸려 아무리 실을 당겨도 돌아오지 않았다.

"수경아, 그동안 정든 연인데, 우리 그냥 보내줄까?"

수경의 숨겨진 표정에서 아쉬움을 발견했다. 사실 나도 마찬가지였다. 그냥 연일 뿐인데 이상하게도 놓아주기가 쉽지 않았다. 나는 다시 한번 연이 걸린 곳을 쳐다본 후 결심한 듯 말했다.

"그럼, 내가 한번 연을 꺼내볼 테니 여기서 잠깐 지켜보고 있어!"

연이 추락한 지점 가까이 휠체어를 끌고 가 수경을 고정시켜둔 다음, 수경의 시야를 확보하고 연이 걸린 담장을 향해 달렸다. 가뜩이나 날씨가 추운데 높은 담장에는 눈까지 내려 올라가기가 여간 쉽지 않았다.

5분쯤 걸렸을까. 담장 위에서 추위에 낑낑거리며 가까스로 손을 뻗어 가지에 걸려 있던 실을 풀어낸 순간, 강한 바람과 함께 연이 다시 하늘을 향해 거침없이 날아올랐다.

"수경아, 연이 다시 살아났어!"

멀리 마스크를 쓴 수경의 표정은 보이지 않지만 그 안에서 슬며시 웃고 있는 모습이 눈에 선했다. 나는 고개를 들어 연을 바라보았다. 방금 전 추락에 아랑곳하지 않고 연은 전보다 더 높은 하늘 위에서 휘날리고 있었다.

긴 밤의 약속

초판 1쇄 발행 2024년 6월 28일
초판 2쇄 발행 2024년 8월 30일

지은이 이진휘
펴낸이 김수진
펴낸곳 (주)인티앤

출판등록 2022년 4월 14일 제2022-000051호
이메일 editor@intiand.com
인스타그램 @inti-n.pub

편집 김수진
디자인 studio CoCo
제작 세걸음

ISBN 979-11-93740-05-7 03810